측백소년

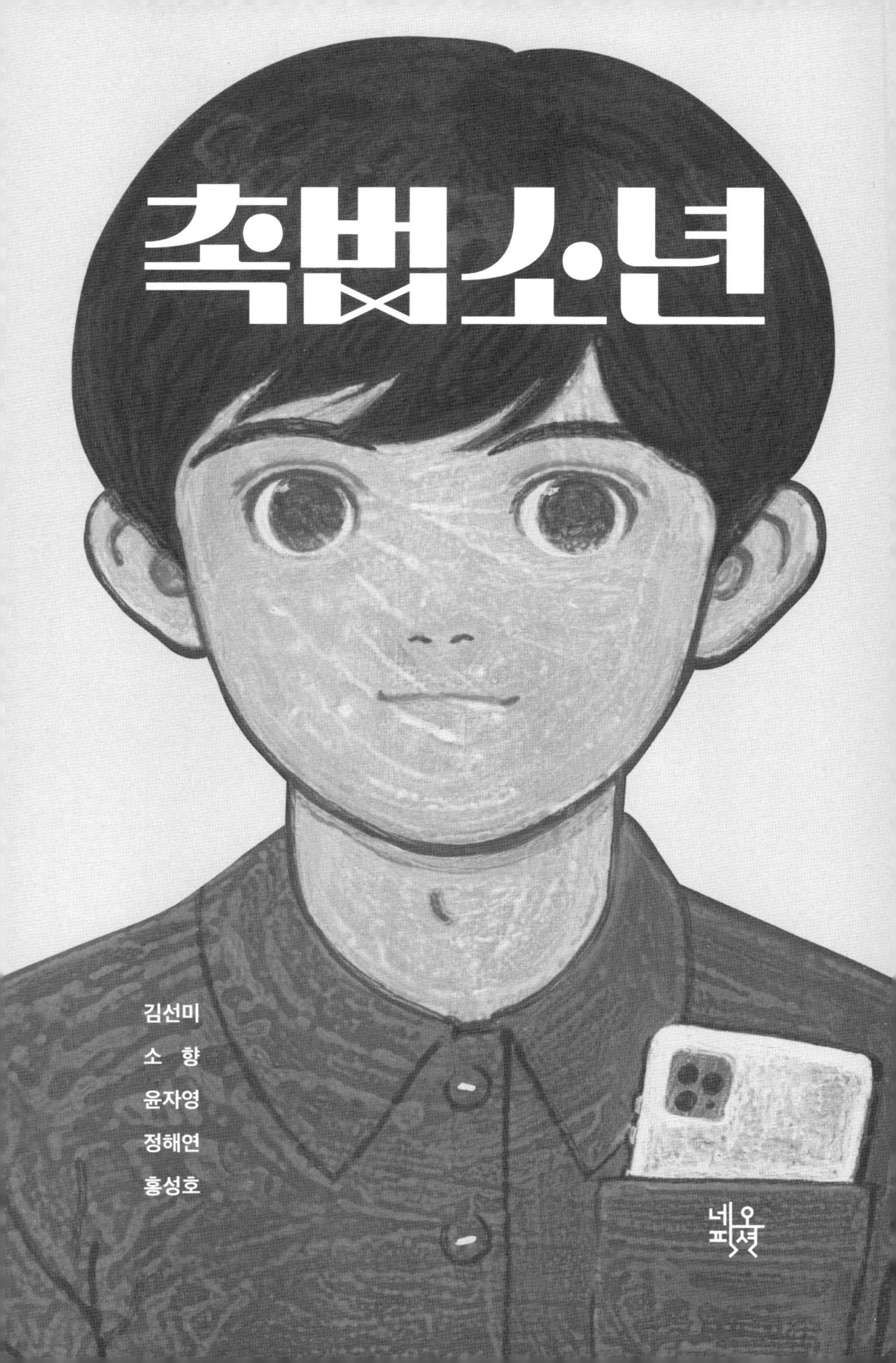
촉법소년
김선미
소 향
윤자영
정해연
홍성호
네오픽션

차
례

레퍼토리

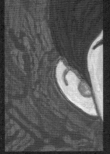

김선미

"쉿, 조용히 해."

당신이 나이가 많든 적든, 지위가 높든 낮든 내 앞에서는 무조건 조용히 하기 바란다. 고요하고 잔잔한 그래서 아름답기까지 한 침묵을 방해하는 걸 나는 용납할 수가 없다. 세상을 시끄럽게 만드는 소음, 귀청을 때리는 큰 목소리와 말만 많은 사람에게 관용은 필요치 않다. 용서할 수 없기에 징벌하는 것이다. 내게 단죄받고 싶지 않다면 조용히 하라. 그것이 내게서 벗어나는 길이다.

"조용히 하라고 할 때 조용히 했어야지. 누가 한낮 길거리에서 그렇게 큰 소리 내면서 싸우래? 나 좀 평온히 살도록 내버려두면 안 돼?"

이쯤에서 상대방은 앞으로 일어날 미래에 대해 몇 가지 상상할 것이다. 내 몸에 밧줄을 감고 코앞에서 칼을 흔들어대는 이 새파랗게 어린것이 이제 나를 살해할 거라고. 혹은 유흥비가 필요해 집에 침입한 걸 테니 돈만 가지고 사라질지도 모른다고. 그도 아니면 이 어린것이 한눈파는 사이 어떤 방법으로든 탈출할 거라는 식으로 미래를 그릴 것이다.

절망과 희망, 빌어먹을 운명과 빌어야 하는 운명 어디쯤 일말의 희망이 숨어 있는지 수색하며 되풀이하던 예상은 점점 비극으로 끌려가기 마련이다. 자신의 운명을 예감하는 건 그런 법이다. 살고 싶다는 욕망에서 유발되는 두려움을 무시하는 건 어려운 일이니까. 그래서 그들은 수색을 중단하고 말한다.

제발, 목숨만은 살려주세요.

이때 나는 정말 기분이 좋다. 고요함과는 다르지만 거의 들릴 말 듯 하게 목숨을 구걸하는 목소리. 저 소리를 듣느냐 듣지 못하느냐로 그들의 목숨을 저울질할 수 있다. 만약 또렷하게 들린다면 그것은 소음이므로 말한 이는 죽어야 하고, 들리지 않는다면 죄는 미워해도 사람은 미워하지 말라는 성현의 말씀에 따라 한 번 더 기회를 준다.

그러나 기회를 받고도 일을 그르치는 사람이 많다. 그냥 안도의 한숨만 쉬면 될 것을 내게 주저리주저리 감사 표현을 하거나 울음을 터뜨려 기회를 망쳐버리는 것이다. 이런 태도를 보이면 그 즉시 그들의 인생은 끝이다. 나는 소음이 진심으로 싫기 때문이다.

그렇다면 이 아줌마는 어떤가. 깡마른 몸매를 훤히 드러낸 잠옷 차림으로 손과 발이 묶여 아무 말도 못 하고 웅크리고 있다. 그도 그럴 것이 남편은 이미 옆에 고꾸라져 있으니 할 말을 잃었을 것이다. 특이한 건 남편이 죽었는데도 눈물 한 방울 흘리지 않는다는 점이다. 남편에게 애정이 없었나. 조금 전 울부짖으며 내게 달려들던 뚱보 아줌마와는 대조적이다. 대체 얼마나 남편을 사랑했다고 그러는지, 원.

뚱보 아줌마를 이해 못 하는 바는 아니나 시끄러운 것은 딱 질색이므로 가차 없이 한 번에 끝내버렸다. 생활비가 떨어져 돈을 챙겨야 했지만 왠지 다 죽이고 나면 그 집에 있기가 두려워진다. 내가 뒤돌아서면 시체가 벌떡 일어날 것만 같다. 그래서 구석구석 뒤져보지 못하고 대충 집히는 물건만 들고 도망치듯 나왔다. 혹시 시끄럽더라도 이번에는 그러지 말아야겠다.

"아줌마, 내가 좀 바쁘거든. 그러니까 돈 있는 곳만 말해봐."

"옷장 속 캐리어 안이랑 침대 시트 아래."

제법인데. 나는 누가 나에게 말 거는 것도 싫지만 묻는 말과 상관없는 대답을 듣는 건 더 싫다. 아줌마는 내 성향을 제대로 파악하고 있는 것 같았다. 돈은 정말 말한 장소에 있었다. 제법 큰돈이었다. 근데 이렇게 다 주고 나면 앞으로 뭘로 먹고살려 는건지. 이 아줌마도 대책 없군.

"아줌마, 돈 많나 봐. 생활비 걱정은 안 해도 되나 보지?"

"어차피 곧 너한테 죽을 텐데, 뭘."

아줌마 말이 옳았다. 나는 아줌마를 죽이려고 이곳에 왔다. 내 곱슬머리를 펴줄 것 같은 스트레이트 헤어 기기가 탐나는 건 사실이지만(사실 나는 이 집에 와서 줄곧 스트레이트 헤어 기기에 눈길이 갔다) 그걸 갖기 위해 이 집에 온 건 아니다. 이 깡마른 아 줌마의 도톰한 입술을 범하고자 남편을 쓰러뜨린 것도 아니 다. 나는 단지 한낮 길거리 한복판에서 악다구니에 더하여 몸 싸움까지 벌인 무식하게 시끄러운 사람을 죽이러 온 것이다. 그러니 이러쿵저러쿵하며 아줌마 앞날을 걱정해줄 필요는 없 었다. 그런데 이상하네. 왜 아줌마는 죽는 걸 두려워하지 않는 거지. 자신이 죽을 걸 나보다 더 잘 알고 있으면서.

"아줌마는 죽는 게 안 무서워?"

"네가 아니더라도 남편이 날 죽였을 거야. 어차피 죽을 건데 누가 죽이든 무슨 상관이야."

"하긴 죽을 짓을 저지르기는 했지. 근데 아줌마는 말수가 별 로 없는 편 같은데 아까는 왜 길 한복판에서 소리를 질러댔어?"

"글쎄, 나도 내가 왜 그랬는지 모르겠네. 남편 새끼가 큰소리 내는 걸 싫어해서 되도록 숨죽이며 사는 것에 익숙한 편인데……. 뭐, 그년한테 맞고 너무 아파서 이성을 잃었나 보지."

아줌마는 주절주절 말을 늘어놓을 태세였다. 그런데 그게 왠지 거슬리지 않았다. 아줌마와 이야기를 좀 더 나눠보고 싶었다. 대화하고 싶은 기분이 든 건 오랜만이라 조금 즐겁기도 했다.

"아줌마는 왜 바람피웠어?"

"그건 네 알 바 아니잖아."

곧 죽을 사람이 나를 무시하다니. 정말 웃겼다.

"하기야 내가 상관할 일은 아니지. 그렇다면 반대로 아줌마는 나한테 궁금한 거 없어?"

"없어."

"있을 텐데. 내가 왜 아줌마네 집에 갑자기 나타나 칼 들고 설치는지 진짜 안 궁금해?"

그제야 아줌마가 나를 올려다봤다. 생판 모르는 놈한테 죽는 게 억울하지 않은 인간은 없을 테니까. 비로소 의문이 든 얼굴에 복잡한 표정이 서려 있었다. 망상도, 예감도 아닌 딴생각이 든다는 건 여유가 생겼다는 증거다. 이때가 내 범죄 철학을 가르쳐줄 타이밍이다.

"왜 나를 죽이는 거야?"

"하아, 진짜 눈치 못 챈 거야? 나는 시끄러운 게 싫은데 아까 밖에서 아줌마가 시끄럽게 싸웠잖아. 그래서 죽이는 거야. 혼자 죽을까 봐 원통해하지는 않아도 돼. 아줌마랑 싸웠던 뚱뚱한 아줌마는 벌써 하늘나라에 가 있거든. 당신 남편도 먼저 가서 기다리고 있을 테고. 다 같이 오순도순, 외롭진 않을 거 같네. 하하, 그러게 왜 난리법석을 떨어? 세상을 시끄럽게 만들지 마. 세상은 조용해야 해. 고요하고 잔잔한 침묵이 얼마나 아름다운지 아줌마는 모를 거야."

"알아."

"뭐?"

"남편이 언제나 같은 말을 했어."

"아줌마 남편이 나랑 같은 말을 했다고?"

"그래, 매일 했어. 십 년 전부터 지겹게."

나는 슬며시 아줌마 남편을 바라봤다. 질투심 같은 것이 가슴에서 솟아올랐다. 쳇, 나보다 먼저 이 위대한 철학을 설파하다니……. 그런데 자세히 보니 아줌마 남편을 어디선가 본 적 있는 것 같았다. 범상치 않은 말을 하는 것도 커다란 덩치도 예사롭지 않았다. 어라, 팔이며 다리며 문신이 빼곡하네. 평범한 남자는 아닌 것 같은데.

"아줌마 남편은 뭐 하는 작자였어?"

"너한테 볼품없이 당해서 믿기지 않겠지만 왕년에는 뒷골목에서 힘깨나 썼어. 일 년 전에 배에 칼이 박혀 그 뒤로 빌빌거리는 주정뱅이가 됐지만."

조직폭력배인가? 요즘 조직은 아무 놈이나 받아주나. 아무리 술에 꼴았다고 쳐도 너무 쉽게 제압됐잖아.

조금 전 이 집에 들어와 남편 놈과 몸싸움한 게 떠올랐다. 사실 남편 놈과 마주친 순간 몸집 때문에 나도 멈칫하기는 했다. 헬스로 다진 몸이 아니라는 건 감으로 알았다. 섣불리 시간 끌다가 역으로 당하겠다 싶어 먼저 선빵을 날렸는데 이놈이 맥없이 고꾸라졌다. 나를 속이려는 걸까. 그렇다면 얌전히 속아줄 수 없지, 하고 전기충격기로 놈의 배를 깊이 찔렀다. 보통 한 번으로는 부족한데 놈은 지금까지 저 자세로 쓰러져 있다. 아마도 죽은 것 같다. 정말 한심한 놈이다.

그런데 진짜 어디선가 본 듯한 얼굴 같았다. 나는 땀으로 젖은 놈의 등을 바라보다 발로 몸을 뒤집었다. 아줌마는 고개를 돌렸다. 흰자위가 반쯤 드러난 눈동자가 괴기스러웠다. 입 주변에 게거품 자국도 나 있었다. 더러워서 쳐다보기 싫지만 누군지 알아보려면 어쩔 수 없었다. 쪼그리고 앉아 놈의 얼굴을 가만히 들여다봤다. 그래도 기억이 가물가물했다. 결국 누구든 무슨 상관인가 싶어 손을 털고 일어나는데 망치로 머리를 때려 맞은 듯 불쑥 정체가 기억났다.

"이런, 젠장!"

나는 악을 쓰면서 손에 잡히는 것들을 벽에 던졌다. 그러고도 가슴이 들끓어 침대를 주먹으로 여러 번 쳤다. 갑작스러운 발작에 아줌마가 인상을 썼다.

"아줌마! 나 미치겠다."

"곱게 미치는 방법도 있어."

"농담할 기분 아니야. 있지, 아줌마 남편이 내가 찾던 사람이었어. 가장 존경하는 사람을 내 손으로 죽였다고. 나 어떡하지?"

"무슨 말이야?"

"아줌마 남편이 내 우상이었다고."

"저런 주정뱅이가 우상이라고?"

"지금은 주먹 한 방에 무너지는 어이없는 꼴이 된 것 같긴 한데, 그때는 내 인생을 뒤바꿔놓은 사람이었어."

나는 탁자에 걸터앉았다. 왜 진작 알아보지 못한 걸까. 한 번쯤 만나 말없이 좋은 술을 대접하고 싶을 만큼 언제나 마음 한 구석을 차지하던 분이었는데. 만나면 바로 알아볼 거라고 착각한 나야말로 등신이었는지도 모른다. 나는 한숨을 쉬며 전

16

자 담배를 꺼냈다.

　나의 마지막 학창 시절은 중학교 때였다. 끝내 중학교는 졸업하지 못했다. 나는 전자 담배를 길게 빨아들였다. 그사이 아줌마는 몸을 약간 흔들어보았다. 묶인 팔이 저리나 보다. 어쩐지 아줌마의 태도가 너무 겁이 없었다. 내 우상이 남편인데도 바람피울 정도니 당연히 겁을 상실할 만하다. 아줌마는 다시 몸을 움츠리며 인상을 썼다. 우상의 부인을 묶어두는 건 염치없는 처사 같아서 나는 밧줄을 풀었다.

　"아줌마 때문에 풀어주는 거 아니야. 우상에 대한 내 예의일 뿐이야."

　아줌마는 시큰둥하게 잠옷을 한번 추스르고 일어났다. 그러고는 움직이라고 허락하지도 않았는데 화장대 위 담배를 갖다 폈다.

　"그이랑 너는 어떤 사이였어?"

　상황 파악이 되지 않았는지 나에게 질문까지 했다. 평소라면 건방진 태도를 용납하지 않았을 것이다. 하지만 오늘은 특수 상황이니 대답해주기로 했다.

　"아마 당신 남편은 나를 모를 거야. 나도 당신 남편을 기억하지 못해 죽였으니까. 사람 인연이라는 건 참 우스워. 사 년 전에는 날 죽일 듯이 패던 인간이 이젠 내 손에 뒈졌으니 말이야."

비록 지금은 개털처럼 저렇게 볼품없이 널브러졌지만 그때
는 얼마나 근사했던가! 하지만 맞을 때는 진짜 아팠다. 통증을
되새겨보니 죽인 것을 꼭 후회할 필요는 없겠다는 생각이 들
었다.

"널 팬 놈을 존경한다는 거야?"

"사연이 있어."

"잠깐만, 네 과거사는 관심 없거든. 어떤 사이인지 요지만 말
해."

아줌마가 듣고 싶어 하든 말든 나는 개의치 않고 과거에 얽
힌 썰을 풀었다.

"사 년 전 당신 남편을 만났어. 교복 차림으로 만만한 애들
삥 뜯던 때였지. 그날도 친구 새끼들이랑 공원에서 담배 피우
며 시시덕거리고 있었지. 그런데 당신 남편이랑 어떤 놈이 우
리한테 다가오더라고. 그러고는 느닷없이 나랑 친구 두 놈을
패기 시작했어. 아무런 경고도 없이 말이야. 처음에는 덤볐는
데 세 명이 당신 남편 한 대를 못 때리는 거야. 막상 붙어보면
싸움에 승산이 있는지 없는지 몸으로 알 수 있거든. 정말 승산
이 하나도 없었어. 죽었다고 생각하면서 맞았지. 맞으면서 씹
새끼가 왜 눈깔이 돈 거야, 어린놈들이 담배 피운다고 때리는

건가 수도 없이 생각했어. 코피가 나고 입술이 터지고 더는 맞을 기력도 없을 때쯤 주먹을 멈추더라. 그러고는 당신 남편 말고 다른 놈이 말했어. '새파랗게 어린 새끼들이 공원에서 담배 꼬나물고…… 너희 몇 살이야?'라면서 침을 찍 뱉더라고. 역시 담배 때문이었더라고. 재수도 없지. 나는 속으로 욕을 퍼부어댔어. 친구 새끼도 맞은 이유를 알았으니 빌면 되겠다고 판단했는지 반성한다는 얼굴로 아가리를 털더라. '아휴, 아저씨들 말이 맞아요. 중학교 1학년 따위가 담배 피우면 안 되죠. 저희가 초등학교에서 제대로 못 배워서……' 거기까지 말했는데 당신 남편이 내 친구 얼굴을 갈겼어. 피가 튀는 바람에 놀라 고개를 들고 당신 남편을 빤히 바라봤지. 당신 남편은 내 친구가 피를 줄줄 흘리는 것도 아랑곳하지 않고 이렇게 말했어. '너희 잘못이 뭔지 알아? 고요하고 잔잔한 그래서 아름답기까지 한 침묵을 깨뜨린 것이 너희의 잘못이야. 큰소리로 지랄 떨지 마. 나는 소음은 용서 못 해'라고."

　오랜만에 길게 말했더니 갈증이 느껴졌다. 나는 아줌마에게 마실 걸 달라고 요구했다. 아줌마는 한껏 지루한 티를 내며 내 이야기를 듣다가 냉장고를 향할 때는 아예 하품하며 입을 가렸다. 주스를 가지고 온 아줌마가 분위기를 엎어버리기로 작정한 듯 산통 깨는 질문을 했다.

"그깟 이유 때문에 내 남편이 네 우상이고 네 인생을 바꿨다는 거야?"

대화가 통하는 것 같아도 성급한 것은 별로다.

"아줌마, 쪼잘대지 마. 당장 죽고 싶지 않으면."

주스를 급하게 들이켜며 성을 내는 바람에 목이 막혀 기침이 나왔다. 아줌마는 화장대 의자에 앉아 다리를 꼬았다. 새침한 아줌마 얼굴 앞으로 칼끝을 겨눴다. 아줌마가 내 눈을 피했다.

"나도 그때는 아줌마 남편이 지껄인 말은 좆같다고 무시했어. 맞은 게 억울했을 뿐이지. 하여튼 터지고 나서 친구 놈들이랑 찢어졌는데, 갈 데가 없더라고. 집구석이라고 일찍 들어가 봐야 반겨줄 사람도 없고. 밥벌레 보듯 째리는 눈총이나 받겠지. 그래서 놀이터로 갔어. 잼민이들이 뺑뺑이를 타면서 소리를 꽥꽥 지르고 있었어. 쇠가 마찰을 일으키는 소음을 듣고 있자니 맞은 곳이 욱신거리고 발작이라도 일어날 것 같더라고. 당신 남편 말이 머릿속에서 맴도는데 미칠 것 같아서 애새끼들을 향해 조용히 하라고 소리를 질렀어. 근데 이것들이 듣는 척도 않는 거야. 가장 가까이 있던 애를 붙잡았지. 나중에 들으니 열 살이라고 하던데. 그것도 싸가지를 밥 말아 먹은 열 살. 놓으라고 발버둥 치며 씨발씨발 거리는데 좆만도 못한 놈한테 무시당하는 것 같아서 분 풀 겸 몇 대 때렸어. 그제야 놀이터가

고요해지더라. 애들이 도망가면서 비명을 지르기 전까지는. 비명을 듣고 저 소리를 없애버려야겠다는 생각밖에 안 들었어. 도망가던 한 녀석을 잡아서 목을 졸랐어. 너무 흥분한 탓에 힘 조절 못 하고 계속 손아귀에 힘을 줬어. 축 늘어진 게 이상해서 확인해보니까 숨을 안 쉬더라. 그게 처음이었어, 사람 죽인 거……. 시체를 내려다보고 있자니 덜컥 겁이 났어. 멀찍이 도망간 애들이 날 쳐다보고 있는데 금방이라도 다가올 것 같았어. 몇 대 처맞은 녀석이 계속 질질 짜니까 뭔 일인가 싶어 어른들이 오더라. 잡히면 끝장이다 싶어서 일단 튀었어. 짭새들이 올 걸 대비해 알리바이를 만들어야겠다고도 생각했어. 친구 새끼를 한강으로 불렀지. 그 새끼가 약쟁이거든. 가지고 있는 나비 약을 다 달라고 했어. 나비 약이 뭔지 알아?"

"다이어트약 아니야?"

"잘 아네. 그럼 나비 약에 마약 성분이 있다는 것도 알겠네?"

"뭐, 대강."

"나비 약 먹으면 기분이 느슨해지잖아. 붕 뜨는 기분에 그날 일어난 일이 현실감이 없어졌어. 친구 놈한테 공원에서 맞은 얘기며 삥삥이 타던 애 목 졸라 죽인 사건까지 떠들어댔지. 말도 하다 보면 그 말에 취하는 거 알아? 신나게 떠벌리고 있는데 웬 씹새끼가 나를 붙잡는 거야. 직감적으로 짭새인 걸 알았어. 살인 사건 수사가 벌써 시작됐나 했는데 아니더라. 지나가다가 내가 떠벌리는 얘기를 듣고 일단 나를 잡았대. 관할서에 연락하더니 졸라 무서운 표정으로 연행하더라고. 뭐, 그래봤자 나는 그 당시 촉법소년이라 형사처벌은 받지 않았어. 보호처분 10호 받고 소년원으로 송치됐지만……. 하여튼 소년원에서 이년 있다가 나왔는데 학교로 돌아가봤자 눈칫밥이나 먹을 것 같아서 관뒀어."

아줌마는 나를 쳐다보며 알 수 없는 표정을 지었다. 도톰한 입술에서 나지막한 목소리가 흘러나왔다.

"아무리 촉법소년이라고 해도 살인을 저질렀는데 겨우 이년 살다 나온다고? 감방도 아니고, 소년원에서?"

"겨우 이 년? 아줌마는 소년원에서 썩는 게 무슨 호텔에서 룸서비스 받고 나오는 것처럼 생각하나 보네. 이 년도 나한텐 길었어. 원래는 심신미약, 우발적 살인으로 9호 처분 받고 육 개월만 살다가 나올 수도 있었는데 그 전에 절도로 보호관찰 받은 이력이 있어서 재수 없게 10호 때려 받은 거야."

"개 같은 법이네."

"개 같긴. 나 같은 밥벌레도 형사처벌 늪에서 빼내 소년원으로 보내주는 좋은 법이지. 교정교육으로 비행을 예방할 거라는 순진한 발상은 안타깝긴 하지만."

"너 보니까 교화는 확실히 안 된 것 같네."

"그래도 나 나름 모범수였어."

물론 나도 처음부터 소년원에 잘 적응했던 건 아니었다. 소년원에서 나는 혼자 생활했다. 누가 뭘 물어도 등신처럼 우물거리며 대답하지 못했고 소음에 둘러싸이는 게 두려웠다. 애새끼를 죽였다고 고백하지 않았다면, 아니 공원에서 떠들지만 않았다면 이런 좆같은 경우는 당하지 않았을 게 아닌가.

나는 흰소리하고 떠든 것을 후회하고 또 후회했다. 지나간 일은 작은 일이라도 후회로 남는 법이라지만 나는 정말 후회막급이었다. 말하지 않는다고 보호직 공무원에게 수시로 생활지도를 받아야 하는 것도 곤욕이었다. 그런데 웃긴 게 일관성 있게 침묵을 지키니 교정교육에서 제외되어 있었다. 나는 원래 말 못 하는 등신이라서 말을 시키나 마나 달라지는 게 없다는 걸 밥벌레 고참들이 인정하자 더는 건드리는 놈도 없었다.

그때쯤 나는 소년원의 조용한 분위기에 매료되고 말았다. 교관의 앙칼진 외침 한마디면 소년원은 순식간에 고요해졌다. 그 적막함이 편안하고 좋았다. 여럿이 모여 떠들 수도 없고 크게 웃을 수도, 울 수도 없다는 것이 나를 기쁨으로 몰아넣었다. 소년원은 침묵을 원했고 나는 그 침묵에 부응했다. 그리하여 나는 소년원에 완벽히 적응하게 된 것이다.

수감 기간이 끝나 막상 밖으로 나오니 오히려 혼란함에 미칠 지경이었다. 세상은 소음으로 가득했다. 어느 곳에서도 침묵의 아름다움은 존재하지 않았다. 오밤중 가출 팸 멤버들과 숙소에 틀어박혀 있어도 길거리에서 들려오는 차 소리에 잠을 이룰 수가 없었다. 낮은 아예 생지옥이었다. 각종 소리에 돌아버리기 직전까지 갔다. 그래서 돌아버리기 전에 소음을 창조하는 놈들을 죽여나가기 시작했다. 클랙슨을 미친 듯이 눌러대던 트럭 기사, 마치 이 세상이 자기들 것인 양 웃고 떠드는 애새끼들, 술 마시고 고성방가 하는 꼰대들, 부끄러운 줄 모르고 길거리에서 쌈박질이나 하는 아줌마들. 나의 미칠 것 같은 기분을 진정시키기 위해 살인을 저질렀다.

그러고 보니 낮에 한 싸움 구경은 정말 웃겼다. 사람들이 둥그렇게 빙 둘러 있기에 무슨 일인가 가보았더니 뚱뚱한 아줌마랑 지금 내 앞의 아줌마랑 실랑이를 벌이고 있었다. "다 고친 낯짝으로 뻔뻔하게 지껄여대네. 남의 남편한테 꼬리 치는 주제에"라고 뚱보가 말하니 저 아줌마가 "누가 먼저 자자고 했는데? 니 남편이 나한테 꼬리 친 거야"라며 냉소를 흘렸다. 몇 번 거센 말이 오가는가 싶더니 곧 쌍욕이 나오고 그러다 뚱보가 먼저 뺨을 두 대 때렸다. 아줌마가 뚱보의 머리채를 휘어잡자 이에 질세라 뚱보도 머리채를 휘어잡았다.

싸움 구경은 재미있었지만 싸움터의 소음은 최악이다. 되려 싸움을 부추기며 누군가의 편에 서려고 하는 구경꾼들이나 악다구니를 쓰며 달려드는 싸움꾼들도 한통속에 묶인 소음 덩어리일 뿐이다. 그래서 내 딴에는 소음도 막고 싸움도 말릴 겸 "조용히 좀 합시다"라고 점잖게 타이른 건데 뚱보가 싸우다 말고 이 상황에 너는 조용할 수 있느냐고 맞받아쳤다. 그 말에 별생각 없이 지나치려던 감정이 폭발했고 두 아줌마는 살인 면허를 가진 나의 타깃이 된 것이다.

두 아줌마 집을 찾으려고 여기저기 물어보느라 고생 좀 했다. (내가 뒤쫓는 걸 의심하는 사람은 아무도 없었다. 내 말주변이 그리 나쁘지 않기 때문이다.) 하지만 나에게는 소음을 유발하는 잡것들을 단죄할 의무가 있기에 그런 탐색 정도는 수고스럽지도 않았다.

아줌마한테 내 화려한 이력을 쉼 없이 말해주느라 목이 탔다. 나는 주스를 벌컥 마시고는 아줌마를 곁눈질한 후 볼일이 급해 화장실에 갔다. 환풍기 돌아가는 소리가 신경 쓰였다. 뜯어내버릴까 싶었다. 화장실에서 나왔더니 아줌마가 엉거주춤하게 서 있었다. 두려워 보이는 건 착각일까. 설마 아직도 내가 해칠 거라 오해하고 있나?

"아줌마, 내가 무서워? 죽을까 봐 쫀 거야? 쫄지 마, 아줌마를 죽이지는 않을 테니까. 아줌마는 묘하게 대화하고 싶게 만드는 구석이 있거든. 그런 사람은 처음이야."

내 딴에는 안심시켜주려고 한 말인데 아줌마가 피식 웃었다. 나는 당황스러웠다. 나를 무시하는 건가.

"대화하고 싶은 구석? 넌 내가 아니라 다른 사람이라도 그렇게 말했을걸. 말하는 것이 두렵고, 소음이 싫고, 누군가 말 거는 것이 싫다고? 헛소리하지 마. 그렇게 싫은 놈이 네 얘기는 왜 그렇게 떠벌려? 그리고 네가 소음이라고 하는 것을 단정 짓는 기준이 뭐야? 네 말대로라면 모든 말이나 소리가 소음 아니야? 잣대도 없는 놈이 말만 뻔지르르하게 하지."

"뭐라고?"

나는 힘껏 아줌마의 뺨을 때렸다. 아마도 낮에 뚱보 아줌마에게 얻어맞았던 쪽 뺨이리라. 아줌마의 아름다움은 사라졌다. 아줌마 따위를 대화 상대로 본 내 잘못이었다. 결국 이런 식으로 당신도 끝을 보는구나. 아줌마는 뺨을 손으로 감싼 채 나를 쏘아봤다.

"흥! 너나 남편이나 똑같아. 네가 존경해 마지않는다는 그 새끼 실체가 어떤 줄 알아? 말하는 걸 싫어하고 떠드는 걸 싫어한다고? 미친놈! 매일 예능프로그램이나 보면서 킬킬대는 주제에 웃대가리 되겠다는 야망으로 폼만 재던 놈. 잘 때 잠꼬

대하고 코 고는 건 예사였어. 드르렁대던 그 소음들······. 아아, 끔찍해. 정말 듣기 싫었어. 저 새끼가 왜 다쳤는지 알아? 다른 파 놈들이랑 세력 다툼 벌일 때 멍청하게도 지가 보스인 척하다 찔린 거야. 척하려면 조용히 숨어 있기나 하지. 상황 알아보겠다고 까불면서 전화 걸다가 통화 소리 들은 다른 파 놈들이 눈치채서 당한 거야. 너도 똑같아. 말로는 소음이 싫으니 어쩌니 해도 여기서 시답잖은 수다만 떨었잖아. 네가 바로 소음 덩어리 아냐?"

"입 안 다물어? 주둥이를 확 찢어줄까?"

아줌마에게 다시 손을 올리는 순간, 쓰러져 있던 남자가 몸을 꿈틀거렸다. 나보다 아줌마가 더 놀라며 말을 더듬었다.

"뭐, 뭐야? 주, 죽은 것 아니었어?"

아줌마가 나를 쳐다봤다. 나는 그 시선을 모른 척했다. 저 새끼가 전기충격에서 벗어날 정도로 시간을 너무 오래 끌었다. 수다가 문제였다. 아줌마가 내게 손을 내밀었다. 가만 보니 손을 내민 게 아니라 내가 들고 있는 식칼을 가리키고 있었다.

"어서 죽여!"

누굴 죽이라는 건가 싶어서 아줌마를 멀뚱히 쳐다봤다. 아줌마가 재차 칼을 가리키더니 자기 남편을 손가락으로 지목했다. 아무래도 어서 남편을 죽이라는 뜻인 듯했다.

"아줌마, 왜 이래?"

"이왕 시작한 일이잖아. 확실하게 죽여."

"난 칼 못 써. 써본 적 없어."

"그게 무슨 말이야?"

"칼은 비주얼용이야. 난 주로 전기충격기를 써. 피 보기도 싫고."

"조금 전까지 한 말은 뭐야? 소음 유발자들을 죽이고 다녔다는 말은 다……."

내가 거짓말한 걸 이제야 알아챘는지 아줌마 표정에 경멸감이 어렸다.

"이게 재밌니?"

"응, 재밌어. 이제 촉법소년 아니어서 잡히면 감방 가야 해. 이렇게라도 허세 좀 부려야지."

아줌마의 얼굴이 이제 지겹다는 표정으로 바뀌는 찰나에 경찰차 사이렌 소리가 들렸다.

"네가 화장실 간 사이에 내가 신고했어."

나한테 빅 엿을 먹여놓고도 아줌마는 태연했다. 창문으로 경찰차 두 대가 급하게 서는 게 보였다. 어떡하지. 나는 현관으로 가 일단 문을 잠갔다. 그러고는 신발장을 옆으로 옮겨 문을 가로막았다. 아줌마는 옷장에서 꺼낸 카디건을 걸치고 있었다.

나는 서둘러 돈을 챙긴 후 가방을 멨다. 순간적으로 스트레이트 헤어 기기에 눈이 갔다. 기기를 가방에 넣으려다 내 머리에 지금 당장 써보고 싶다는 충동이 들었다. 미쳤구나! 급박한 순간에 한가하게 머리 펼 생각이나 하다니. 하지만 이 헤어 기기는 왠지 소음도 안 나고 나를 진정시킬 것만 같았다.

나는 스트레이트 기기를 머리에 대봤다. 위잉. 젠장, 이것도 소음 덩어리였다. 스트레이트 기기를 집어 던진 순간 밖에서 문을 쾅쾅 두드리며 외치는 소리가 들렸다. 시간이 없었다.

"아줌마, 내가 여기서 무사히 빠져나가면 다음에 와서 당신 남편 확실히 죽여준다고 약속할게. 그러니까 빠져나갈 방법 좀 알려줘."

말하면서도 나는 물어본 것을 후회했다. 어차피 신고한 것은 아줌마인데 도망가도록 도와줄 리가 없다. 나는 조급해졌다. 경찰이 뛰어 들어오면 동시에 몸을 박아야 하나. 밖에서는 목소리도 이상한 놈이 나에게 자수하라고 권하고 있었다. 아, 벗어나고 싶다. 이 소음 속의 세상!

"약속 지킬 거지?"

골똘히 생각에 잠겨 있는 꼴이 보기 싫어 튀기 전에 뒤통수라도 갈겨주려고 했는데 아줌마가 뜻밖의 말을 꺼냈다. 어지간히 남편과 살기 싫은 모양이다. 그러거나 말거나. 나는 고개를 마구 끄덕였다. 지킬게. 지켜줄게. 내 진심이 전해진 것인지 아줌마가 거실 창문을 가리켰다.

"창문은 왜?"

"남편이 도망갈 때 자주 쓰던 방법이야. 저 창문 옆에 보면 옥상으로 통하는 사다리가 설치돼 있어. 저 인간도 늘 누군가에게 쫓기는 입장이라 만들어놓은 거야."

창문을 열어 고개를 빼고 옆을 보았다. 정말 옥상으로 올라가는 사다리가 있었다. 만약을 대비해 탈출로까지 만들어놓다니 역시 내 우상다웠다. 비록 병 주고 약 준 꼴이지만 탈출 방법을 알려준 아줌마가 고마웠다. 하지만 나는 도망칠 시간을 벌어야 했다.

뒷주머니에 꽂아두었던 전기충격기를 꺼내 들었다. 나를 지켜보던 아줌마가 뒤돌아 현관문으로 도망쳤다. 하지만 신발장으로 막힌 현관문을 열 수는 없었다. 나는 전기충격기 전원 버튼을 누르고 아줌마 허리를 조져버렸다. 아줌마가 외마디 비명을 지르며 쓰러졌다. 아줌마가 각오한 것보다 더 아팠을 것이다. 아줌마 눈에 눈물이 맺혀 있었다. 남편 새끼보다 굳센 아줌마에게 전기충격을 한 번 더 선물해주자 아줌마의 아름다운 얼굴이 일그러졌다.

"아줌마, 미안해! 다시 잡힐 수는 없거든. 아줌마가 경찰한테 나불대지 않을 거라는 신뢰가 없어서 말이야. 아줌마들 수다는 믿을 수가 없어."

창문 밖으로 나가 사다리를 올랐다. 고만고만한 건물들에 옥상들이 쭈욱 펼쳐져 있었다. 나는 옥상에서 옥상으로 건너뛰기 위해 힘차게 달려 점프했다. 착지하는 순간 우레탄 바닥에 운동화가 미끄러지며 쫙쫙 소리가 났다. 옥상을 빨리 벗어나고 싶었다. 무사히 탈출하면 우레탄 바닥 시공사를 찾아갈 것이다. 이렇게 거슬리는 소리가 나도록 바닥을 깔다니. 세상이 어떻게 되려고 이러는지.

저 멀리 옥상 끝이 보였다. 건물 주변을 사방으로 살펴봤지만 짭새는 보이지 않았다. 나는 무사히 도망친 것이다. 건물 밖으로 나오자 밤인데도 사람들이 부쩍부쩍 모여 있었다. 아줌마는 죽었겠지. 확인해볼까 고민했으나 짭새 눈에 띄는 위험을 감수하고 싶지 않았다. 경찰차 소리가 요란했다. 달빛 아래 근처 공원으로 유유히 들어갔다. 공원에서 내 또래 학생들이 낄낄거리며 놀고 있었다. 지금은 다가가기 싫었다. 너무 피곤했다. 하지만 다음에 만나면 그때는 가만두지 않을 것이다.

쉿, 조용히 해.

당신이 누구든 조용히 해주기를 부탁한다. 고요하고 잔잔한 그래서 아름답기까지 한 이 침묵을 깨는 걸 용서할 수가 없다.

이렇게 지쳐 길을 걷는 내 발길을 소음으로 막지 않기를 바란다. 내 발길을 멈춰 세운다면 다음 타깃은 바로 당신이 될 것이다. 그러니 조용히 하시길. 내가 바라는 것은 침묵뿐.

징벌

정해연

1

"오라 가라, 무슨 종 부려?"

밴의 뒷좌석에 올라타며 진솔이 짜증을 냈다. 운전석에 앉아 안전벨트를 매던 매니저 한석이 고개를 돌려 사람 좋은 웃음을 지었다.

"원래 미팅이 그렇잖아. 오늘로 캐스팅 확정도 났는데 기분 풀어."

진솔은 한석이 일부러 들뜬 목소리로 말하는 것을 알고 있었다. 자기 기분을 띄워주지 않으면 잘린다는 것을 알기 때문이다. 매니저는 자신을 위해 존재한다고 진솔은 생각했다. 일부러 흥을 돋우려는 건 알지만 듣기 싫은 소리는 아니라서 진솔의 표정이 슬그머니 풀어졌다. 하지만 곧 새침한 표정을 지으며 말했다.

"캐스팅 확정은 당연한 거야. 찍는 영화마다 손익분기점 넘겨줘, 화제 만들어줘. 그런 배우 안 쓰면 누구를 써? 어차피 쓸 거 자기네들 위신이나 세워보겠다는 거잖아."

"그렇지, 뭐."

한석이 대답하며 차에 시동을 걸었다. 차체가 가볍게 떨리자 뒷좌석에 앉은 진솔은 다리를 꼬며 상체를 시트에 깊숙이 묻었다. 눈을 감는 얼굴 위로 만족감이 스쳐 지나갔다.

첫 만남에 오디션, 두 번째 만에 캐스팅 제의 그리고 오늘 세 번째 만남에 김장헌 감독 신작 영화에 진솔의 캐스팅이 확정됐다. 김장헌 감독은 지난번 영화 〈미로〉로 천만 관객을 동원했다. 당연히 그의 신작 영화에 캐스팅되기 위해 각 소속사에서는 줄줄이 배우들의 프로필을 넣었다. 주연은 확정이 났지만 조연은 신인이나 얼굴이 많이 알려지지 않은 신선한 배우를 찾는다고 소문이 났기 때문이다. 진솔 역시 말은 그렇게 했지만 아직 배우로서의 입지를 다지지는 못했다. 지난번 출연한 영화가 손익분기점을 넘긴 것은 시나리오와 주연 배우들 덕이 컸으며 화제를 만들어줬다고 하는 것은 현직 아이돌과 열애설이 난 걸 두고 하는 이야기였다. 그것도 결국 오보로 밝혀졌고 화제도 그리 많이 되지 않았다. 그 사실을 모르지 않지만 진솔은 일부러 더 콧대를 세웠다. 태도가 사람을 만드는 법이었다. 스스로 대단한 사람이라고 생각하면 매니저든 회사든 자신을 함부로 대하지 못할 거라고 생각했다.

결국 진솔은 김장헌 감독 영화에 캐스팅이 확정되었다. 이번 일을 계기로 자신이 어떻게 성장할지 모른다. 매니저도 그런 사실을 잘 알고 있을 터였다. 진솔의 심기를 건드렸다가 곧 있을 재계약에서 다른 소속사로 이적하겠다고 할까 봐 두려울 것이다. 진솔을 놓치는 것이 소속사의 손실까지는 아니더라도 배우 관리를 제대로 하지 못한 매니저를 그냥 둘 리 없기 때문이다.

"내비게이션 찍으니까 좀 막힌다고 나오네. 한숨 자."

"자려고 했는데 오빠가 깨운 거거든?"

날카로운 대답에 머쓱해진 한석은 차를 조심스럽게 출발시켰다. 진솔은 한석이 한심했다. 나이가 서른이 넘어서 고작 스무 살밖에 되지 않은 자신에게 굽신거린다니. 그 나이 먹도록 허드렛일밖에 할 줄 모른다는 게 불쌍하기까지 했다.

차는 출발한 지 사십 분 만에 진솔의 오피스텔에 도착했다. 연기 연습에 방해가 된다는 이유로 진솔이 독립한 지는 일 년쯤 되어갔다. 차가 멈춰 서자 진솔은 눈을 떴다.

"오빠는 참 정직해서 좋아."

"응?"

진솔이 핸드백을 챙기며 말했다. 명백히 비꼬는 투였다.

"남들은 지름길로 잘 빠져 다니던데 오빠는 절대 안 그러잖아. 얼마나 정직해. 너무 올바른 사람이라서 좋겠어."

진솔은 한석이 살짝 미간을 찌푸리는 것을 놓치지 않았다. 그러나 곧 한석은 표정을 바꾸고 다정한 말투로 응수했다.

"피곤했지? 얼른 올라가서 푹 쉬어. 그리고……."

내리려던 진솔은 무슨 말이 더 남았냐는 듯 운전석을 쏘아보았다.

"이제부터 진짜 조심해야 하는 거 알지? 집에 친구들 부르고 그러지 마."

한석이 무슨 말을 하는지 진솔은 바로 알아들었다. 그는 진솔이 어떤 친구들을 만나고 집으로 불러들이는지 잘 알고 있었다. 모두 하나같이 부잣집 자식들이며 제대로 된 녀석이 없었다. 모였다 하면 술을 마시고 담배를 피웠다. 밤새 시끄럽다는 민원이 관리소로 들어와 한석이 직접 나서서 사죄한 적도 있었다. 아직은 어떤 문제도 터지지 않았지만 앞으로 어떤 일이 벌어질지 모른다고 한석은 주의를 주는 것이다. 다른 감독도 마찬가지겠지만 김장헌 감독은 절대 사생활에 문제가 있는 배우를 기용하지 않았다. 계약을 마친 이후에도 사적인 문제를 일으키면 바로 영화에서 하차해야 하고 심지어 제작진에게 피해를 보상해야 한다는 조항이 계약서에 실릴 정도였다.

진솔이 웃으며 말했다.

"그래, 그렇게라도 매니저 티를 내야 월급 받을 자격이 있지."

침을 뱉듯 쏘아붙인 뒤 진솔은 차에서 내려 곧장 출입문 쪽으로 걸어갔다. 한석에게 따로 인사하지는 않았다. 한석은 자신을 위해 고용된 사람이고 자신 덕분에 벌어먹고 있다. 잔소리하는 것도 같잖게 들릴 뿐이었다.

'그나저나.'

진솔은 김장헌 감독 영화에 캐스팅된 사실을 다시 한번 머리에 새겼다. 티 내지는 않았지만 사실 방방 뛸 만큼 좋았다. 김장헌 감독 영화에 나와 스타가 되지 않은 사람은 거의 없었다. 하루아침에 스타로 발돋움할 기회였다. 이제 곧 모든 사람이 진솔을 향해 환호할 것이다. 캐스팅을 위해 수차례 오디션을 보는 것도 이제 끝이다.

진솔은 오피스텔 건물로 들어가 엘리베이터 앞에 섰다. 상향 버튼을 누르고 조금 기다리자 곧 엘리베이터 문이 열렸다. 안으로 들어가 자신의 오피스텔이 있는 십삼층 버튼을 누르고 닫힘 버튼을 눌렀다. 서서히 엘리베이터 문이 닫혔다. 그런데

문이 완전히 닫히기 직전 커다란 손 하나가 불쑥 들어오는 바람에 문이 다시 열렸다. 팔짱을 낀 채 엘리베이터 벽에 기대고 있던 진솔은 깜짝 놀라 몸을 바로 했다. 엘리베이터에 들어온 남자는 진솔을 향해 고개를 까딱하고는 등을 보이며 문 쪽에 섰다. 문이 닫히고 엘리베이터가 움직이기 시작했다.

진솔은 엘리베이터 구석으로 슬며시 뒷걸음질 쳤다. 남자는 입고 있는 검은색 점퍼에 달린 후드를 뒤집어쓰고 있었다. 엘리베이터 문에 검은색 마스크를 쓴 얼굴이 비쳤다.

'우리 층에 사는 사람인가?'

남자는 어떤 버튼도 누르지 않았다. 긴장이 되어 진솔은 가방을 손에 꽉 쥐었다. 요즘 이상한 사람이 많기도 하고 자신도 어느 정도 알려졌으니 스토커가 생길 만했다. 혹시 모를 상황에 대비해 가방에서 휴대폰을 꺼내 들었다. 여차하면 신고할 생각이었다.

그때 엘리베이터에서 땡 하고 십삼층 도착을 알리는 기계음이 들렸다. 문이 천천히 양쪽으로 열렸다.

"저기, 좀 비켜주실래요?"

남자가 엘리베이터에서 내리지도 물러서지도 않은 채 문 앞에 떡하니 버티고 서 있으니 내릴 수가 없었다. 진솔의 목소리에 남자는 뒤를 흘끗 보고는 슬쩍 옆으로 비켜섰다. 후드 아래에 살짝 드러난 눈이 꽤 날카로운 인상을 주었다.

빨리 내리고 싶은 마음뿐이었다. 진솔은 남자를 지나치려고 했다. 순간 뒤에 서 있던 남자가 진솔의 얼굴로 팔을 뻗었다. 알 수 없는 약품 냄새가 나는 손수건이 진솔의 코와 입을 막았다. 눈앞이 흐릿해졌다. 벗어나기 위해 온 힘을 다해 몸을 뒤흔들었지만 남자의 힘이 너무 강했다. 눈을 뜨려고 해도 힘이 빠진 몸과 함께 눈꺼풀이 내려앉았다. 진솔이 마지막으로 본 것은 닫히는 엘리베이터의 문이었다.

2

한기가 들었다. 드라이아이스라도 들어 있는 것처럼 몸 안쪽부터 떨렸다. 진솔은 몸을 웅크리다 차가운 타일 바닥을 느꼈다. 자신이 어딘가에 누워 있다는 것을 그제야 깨달았다. 천천히 눈을 뜨자 주변이 온통 껌껌했다. 빛 하나 들어올 창문도 없는 곳 같았다. 자기 손조차 보이지 않을 정도로 어두웠다.

진솔은 왜 이런 곳에 누워 있는지 생각하다가 입을 막은 남자를 떠올렸다. 그 가느다랗고 차가운 눈을 떠올리자 몸이 조여드는 것만 같았다. 희미해지는 정신 속에서도 깊은 두려움을 느꼈다. 그는 누구일까. 아무리 생각해도 진솔은 모르는 사람이었다. 왜 자신을 이런 곳에 데려왔는지도 알 수 없었다. 스토커일지도 모른다는 생각이 들었다. 종종 뉴스에서는 연예인의 스토킹 사건이 보도되고는 했으니까. 자신에게도 그런 일이 일어난 건 아닐까. 하지만 최근에 딱히 이상한 낌새를 느낀 적은 없었다.

진솔은 몸을 일으키고 앉아 팔과 다리를 움직였다. 묶인 곳은 없었다. 그건 좋은 징조가 아니었다. 손발이 자유로워도 도망갈 수 없다는 뜻이었다. 한 치 앞도 보이지 않는 방을 둘러보았다. 고개를 들어 위를 보았을 때 빨간 점 하나가 번쩍이고 있는 것이 보였다. 혹시 CCTV가 아닐까 하는 생각에 벌떡 일어섰다. 진솔은 그쪽을 향해 팔을 흔들었다.

"살려주세요! 살려주세요!"

목소리는 사방의 암흑에 부딪혀 돌아왔다. 하지만 포기할 수 없었다. 자신의 인생이 원하는 궤도에 오르기 직전에 이런 말도 안 되는 일에 연루될 줄 몰랐다. 사력을 다해 목소리를 높였다. 건물에 갇혀 있는 거라면 밖을 지나가는 사람이 소리를 들을지도 모르는 일이었다.

그때 철컥거리는 소리가 들렸다. 문이 열리는지 기다란 빛줄기가 방 안을 사선으로 갈랐다. 등지고 있는 빛 때문에 얼굴은 보이지 않았지만 들어오는 사람의 체형만으로 여자라는 것을 알 수 있었다.

안으로 들어온 건 네 명의 여자애들이었다. 곧 제일 앞에 선 아이의 목소리가 들렸다.

"등신이냐? 누가 저기다 CCTV를 달아놨겠냐? 살려주세요, 이러고 앉아 있네."

그 여자애는 킥킥거리며 웃었다. 명백한 비웃음이었다. 다른 아이들도 따라 웃음을 터뜨렸다.

진솔은 두려움에 떨었다. 그들이 안으로 들어오고 문이 닫혔다. 누군가 불을 켰고 어둠이 환한 빛으로 바뀌었다. 마치 그 빛에 두들겨 맞는 것처럼 진솔은 온몸을 움츠렸다. 갑자기 쏟아진 빛이 눈을 따갑게 찔렀다.

빛에 눈이 어느 정도 익숙해지자 진솔은 고개를 들었다. 벽이며 바닥이며 온 공간이 검은색으로 칠해져 있었다.

자신을 흉내 내던 여자애는 키가 제법 크고 머리가 길었다. 뒤에 선 아이들 중에는 얼굴에 여드름이 나 있거나 머리를 빨갛게 염색한 아이도 있었는데 네 명 모두 같은 교복을 입고 있었다. 손바닥만 한 치마에 상의를 어찌나 줄였는지 가만히 있어도 옆구리 살이 드러났다. 소위 말하는 일진, 그런 게 아닐까 싶었다. 나이는 고작해야 중학생 정도로밖에 보이지 않았다.

"너희 누구야? 지금 이게 뭐 하는 짓이야? 내가 누군지 알아?"

"내가 누군지 알아?"

여자애가 또다시 진솔의 말을 따라 하며 킥킥거렸다. 아이들이 진솔 쪽으로 다가왔다. 진솔은 자기도 모르게 뒷걸음질을 쳤다. 제일 앞에 서 있던 긴 머리 여자애가 눈앞까지 다가왔다. 그 아이는 팔을 뻗어 단숨에 진솔의 머리채를 낚아챘다. 진솔의 머리가 뒤로 홱 넘어갔다.

"악!"

단말마의 비명을 지른 진솔의 눈 위로 불이 튀었다. 여자애가 진솔의 뺨을 갈긴 것이다. 보지 않아도 맞은 부위가 후끈거리며 부어오르는 것을 느낄 수 있었다.

"네가 누군지 잘 알지. 전진솔, 떠오르는 라이징 스타. 근데 이걸 어쩌나? 오늘부로 너 떠오르다가 말 것 같은데."

"무, 무슨 소리야?"

"글쎄, 여기서 나가야 떠오르든지 말든지 할 거 아니야?"

그 말이 무슨 뜻인지 파악하기도 전에 긴 머리 여자애가 얼굴을 들이밀었다.

"너 요즘 되게 나대더라?"

어려 보이는 눈빛에 독기가 있었다. 진솔은 몸이 오그라들 것 같았다.

"너, 너희 누구냐고⋯⋯. 나한테 대체 왜 이래?"

긴 머리 여자애가 웃었다.

"모르면 안 되지, 네가 한 짓이 있는데. 그러게, 내 눈에 거슬리는 짓을 하지 말았어야지."

그 말을 들은 순간 한 사람의 얼굴이 떠올랐다. 바로 자신과 스캔들이 났던 아이돌 멤버의 얼굴이었다. 본명은 윤태고 '와이'라는 이름으로 활동하고 있었다. 그 애의 팬인 걸까? 나댄다는 말이나 눈에 거슬리는 짓이라는 말로 미루어 그럴 가능성이 높았다.

"너희 와이 팬들이야?"

"애가 아직도 상황 파악을 못 하네."

피식 웃은 긴 머리 여자애는 뒤를 향해 '야' 하고 신호를 주었다. 세 명 중 덩치가 제법 큰 아이가 어슬렁거리며 앞으로 다가왔다. 그 아이는 진솔의 얼굴만큼 큰 주먹을 휘휘 휘둘렀다.

"초면인데 예의가 없네."

아이의 주먹이 진솔의 배에 정확히 꽂혔다. 진솔은 비명도 지르지 못한 채 거친 숨을 들이켰다. 배를 감싸 쥐며 허리를 숙이는 순간 긴 머리 여자애가 무릎으로 얼굴을 쳐올렸다. 진솔은 그대로 힘없이 나동그라졌다.

신음을 흘리며 콧대를 쥐었다. 쩡한 고통이 코를 짓눌렀다. 코에서 흘러나온 피가 입 주변을 적시는 게 느껴졌다. 고통으로 움직거리는 진솔을 향해 네 사람이 천천히 다가왔다. 진솔은 얼른 몸을 일으켰다. 기분을 거스를세라 급하게 무릎을 꿇었다.

"나 와이랑 아무 관계도 아니야. 오보라고 기사 난 거 못 봤어? 그냥 친구였어. 사진 찍혔을 때 다른 친구들도 같이 있었다고!"

긴 머리 여자애가 가까이 다가와 자세를 숙이고 앉았다. 그러고는 진솔의 이마를 쿡쿡 찔렀다. 그 힘 때문에 진솔의 머리가 뒤로 힘없이 획획 밀려났다.

"그건 당연하지, 네가 뭐라고. 근데 그냥 너 꼴값 떠는 게 보기 싫다고."

진솔은 눈을 부릅떴다.

"너희 이거 범죄야, 불법이라고!"

그런 말이 나올 줄 알았다는 듯 여자애가 히죽 웃었다. 뒤에선 다른 아이들도 진솔의 말투를 흉내 내거나 서로를 치며 웃음을 터뜨렸다. 긴 머리 여자애가 말했다.

"우린 촉법소년인데?"

"뭐?"

"야!"

긴 머리 여자애가 뒤쪽을 향해 다시 신호를 주자 세 명이 진솔을 둘러싸고 섰다. 긴 머리 여자애가 일어나 뒤쪽으로 물러났다. 가까이 다가오는 아이들을 향해 진솔은 고개를 저으며 어떻게든 피하려고 발을 움직거렸다. 그러나 소용없었다. 진솔을 둘러싼 아이들 중 하나가 발을 치켜들었고 그 발이 진솔을 무참히 짓밟았다. 진솔이 몸을 구부리자 기다렸다는 듯 모든 발이 진솔을 향해 쏟아졌다. 허리를 밟히는 순간 너무 큰 고통에 몸이 활처럼 휘었다. 그러자 이번에는 얼굴이 공격 대상이 되었다. 마구 쏟아지는 비를 우산 없이 맞는 것처럼 진솔은 그저 무자비한 폭력에 노출될 수밖에 없었다.

3

찬물이 얼굴을 덮었다. 진솔은 기겁하며 몸을 부르르 떨었다. 갑자기 쏟아진 물 때문에 숨을 쉬기 어려웠다. 그제야 자신이 정신을 잃었다는 것을 깨달았다. 어푸어푸. 진솔이 물을 떨쳐내며 손을 휘젓자 주변의 아이들이 까르르 웃었다. 잔혹하리만치 맑은 웃음이었다.

진솔은 눈을 뜨려 애썼다. 평소보다 눈이 반도 떠지지 않았다. 무거운 추가 눈에 매달려 있는 것 같았다. 눈뿐 아니라 얼굴이 엉망으로 부은 걸 보지 않아도 알 수 있었다. 이런 순간에도 영화 촬영은 어떻게 하나, 얼토당토않은 생각이 들었다.

잘 떠지지 않는 눈으로 방 안을 둘러보았다. 벽이며 바닥까지 온통 검은색인 방. 그 안에 여전히 있었다. 꿈이기를 바랐건만 그 기대는 무참히 깨졌다. 진솔은 황급히 일어나 아이들 앞에 무릎을 꿇었다. 그러고는 양손을 모아 싹싹 빌었다.

"내가 잘못했어. 아니, 잘못했어요. 다시는 안 그러겠습니다. 잘못했습니다. 절대 안 그러겠습니다."

울음이 나와 목이 메었다. 어떻게든 이곳을 빠져나가야 한다는 생각밖에 들지 않았다. 또다시 긴 머리 여자애가 눈앞까지 다가왔다. 그 아이가 대장 격인 것 같았다.

"뭘 잘못했는데?"

"와이 절대 안 만날게. 친구로라도 절대 안 만날게. 나대지도 않을게."

"그리고?"

진솔은 부은 눈으로 여자애를 보았다. 머릿속이 뒤엉켰다. 자신이 또 무슨 잘못을 했을까? 대답해야 한다. 하지만 아무리 생각해도 할 말이 없었다. 긴 머리 여자애가 웃었다.

"거봐, 정신 못 차렸네."

그 아이가 팔을 하늘로 치뻗었다. 손바닥이 진솔의 뺨을 후려갈겼다. 내려치는 힘에 진솔의 목이 비틀려 바닥에 쓰러졌다. 입에서 피 맛이 났다.

"아, 씨발. 더러워."

긴 머리 여자애는 자리에서 일어서며 손바닥에 묻은 피를 진솔의 옷에 쓱쓱 문질러 닦았다. 그러고는 한심하다는 듯 눈썹을 팔자로 만들며 말했다.

"네 잘못은 그냥 존재 자체야. 그 자체로 재수 없다고."

아이들이 소리 내어 웃음을 터뜨렸다. 또다시 맞을 것 같아 진솔은 몸을 구부렸다. 그때 문을 두드리는 소리가 났다. 아이들의 웃음이 멈췄다. 진솔은 고개를 들었다. 한 줄기 희망이 진솔의 가슴에서 피어났다. 그러나 문이 열리고 들어선 두 남자를 본 순간 깊은 좌절이 느껴졌다. 그들 역시 여자애들과 한패임이 분명해 보였기 때문이다. 두 사람 모두 한눈에 봐도 건전해 보이지 않는 행색이었다. 한 명은 달라붙는 바지에 자기 몸보다 두 배는 클 것 같은 후드티를 입고 있었고, 한 명은 그나마 교복을 입고 있지만 입술에 피어싱을 하고 있었다. 머리는 뭘 발랐는지 사방으로 삐쭉삐쭉 솟아 있었다.

"너희는 맨날 존나 늦게 와!"

여자애 중 하나가 불만을 터뜨리자 후드티의 남자애가 픽 웃으며 대답했다.

"너희는 이런 일에만 존나 부지런해."

두 남자애가 진솔에게 가까이 다가왔다.

"얘야? 어우, 얼굴을 아주 개떡으로 만들어놨네."

쯧쯧 혀를 차며 후드티가 진솔의 턱을 어루만졌다. 진솔은 고개를 홱 돌렸다. 불쾌와 불안이 한꺼번에 진솔을 잠식했다. 후드티가 휘파람을 불었다.

"근데 몸매는 또 볼만하네."

순간 후드티가 진솔의 가슴을 옷 위에서 움켜쥐었다. 놀람과 고통, 수치심이 든 진솔이 그 손을 쳐냈다.

"무슨 짓……."

하지만 진솔은 고함을 끝까지 외칠 수 없었다. 진솔의 턱 밑으로 칼날이 들어왔기 때문이다. 진솔은 숨도 쉬지 못하고 눈을 내리떠 칼을 보았다. 그리고 칼 쥔 손을 따라 시선을 옮겼다. 그 팔의 주인은 피어싱을 한 남자애였다. 가느다랗고 날카로운 눈이 경고하듯 진솔을 보고 있었다. 한순간 온몸에 소름이 돋았다. 진솔은 그 남자애가 엘리베이터에서 본 남자라는 것을 알아차렸다.

칼이 천천히 진솔의 목을 타고 내려와 입고 있는 셔츠까지 닿았다. 진솔은 그들이 뭘 하려는 건지 감도 오지 않았다. 발을 밀어 물러났지만 곧 등 뒤로 벽이 닿았다. 절망스러웠다. 어느새 피어싱이 바로 눈앞까지 다가와 있었다. 그는 칼날을 진솔의 얼굴에 갖다 댔다. 차가운 기운에 진솔은 몸을 부르르 떨었다. 진솔은 꼼짝도 하지 못한 채 눈을 내려 칼날을 응시했다. 조금이라도 움직이면 얼굴을 갈라버릴 것 같았다.

남자애가 진솔의 한쪽 셔츠를 잡았다. 그러고는 힘을 다해 뜯어버렸다. 진솔의 명품 셔츠는 저항 없이 뜯겨 나갔다. 바닥에 단추가 뒹굴었다. 브래지어를 한 한쪽 가슴이 드러났다. 진솔은 화들짝 놀라 옷깃을 여미려 했지만 남자애의 칼날이 볼을 꾹 눌렀다.

"움직이면 좆될 텐데?"

신음처럼 울음이 가득 밴 목소리로 진솔이 애원했다.

"제, 제발 이러지 마세요."

하지만 진솔의 애원은 그들에게 가 닿지 않았다. 후드티가 킥킥거리며 얼굴을 가까이 갖다 댔다. 비린내 같은 입 냄새가 훅 끼쳤다. 후드티는 진솔의 한쪽 가슴을 움켜쥐었다. 진솔이 눈을 질끈 감으며 고개를 돌렸다. 볼이 칼에 살짝 베였는지 날카로운 통증과 함께 뜨거운 피가 흐르는 것이 느껴졌다.

후드티가 뒤돌아보며 말했다.

"시작할게."

마치 흥얼거리듯 음정을 붙인 말에 긴 머리 여자애가 검지와 엄지로 동그라미를 그렸다. 여자애 중 하나가 주머니에서 휴대폰을 꺼내 조작하는가 싶더니 이쪽을 향해 사진을 찍기 시작했다. 진솔은 반사적으로 얼굴을 가렸다. 가까이에 있던 피어싱이 뺨을 후려쳤다.

워낙 힘이 강해 진솔이 바닥에 던져지듯 쓰러졌다. 그걸로도 부족한지 후드티가 한쪽 발로 진솔의 배를 걸어찼다.

"가만히 안 있어?"

그렇게 말하고는 나머지 한쪽의 셔츠마저 걷어버렸다. 진솔이 가려보려 했으나 남자애의 칼이 이번에는 목을 찌르고 들어왔다.

"시키는 대로 하는 게 좋을 거다."

그렇게 말한 남자애가 휴대폰 든 쪽을 향해 고개를 끄덕거렸다. 작은 기계음이 명확히 들렸다. 동영상으로 바꿔 촬영하는 것 같았다.

쓰러져 있는 진솔 위에서 후드티가 바지를 벗었다. 착 달라붙은 팬티 위로 두툼한 성기가 뚫을 듯이 뻗어 있었다. 진솔은 황급히 고개를 돌렸다. 피어싱이 진솔의 머리채를 잡아 쥐었다. 그러고는 후드티를 올려다보게 했다. 진솔은 두려움으로 온몸의 피가 다 빠져나가는 것만 같았다. 피어싱이 칼을 치마 아래로 집어넣어 칼끝으로 진솔의 팬티 위를 그으며 말했다.

"시키는 대로 안 하면 여길 갈라버릴 거야."

진솔은 몸을 부르르 떨며 고개를 끄덕였다. 후드티가 맘에 든다는 듯 히죽 웃었다.

"지금부터 재밌는 영상을 찍을 거야. 넌 내 밑에서 입 벌리고 사정해. 제발 넣어달라고."

진솔은 남자애가 시키는 대로 할 수밖에 없었다.

4

진솔을 마음껏 유린한 아이들이 나가고 나서 시간이 한참 흘렀다. 몇 시간이나 지났는지는 알 수 없었다. 맞은 곳이 점점 아프고 한기가 심해져왔다. 밤이 깊어졌는지도 모른다. 그런 생각을 하다 보니 한 가지 기대감이 들었다. 이대로 시간이 지나 아침이 되면 매니저인 한석이 진솔의 집으로 올 것이다. 집에 없다는 것을 알고 전화를 해보겠지. 처음에는 진솔이 또 친구들과 어딘가에서 어울리고 있을 거라는 생각을 할지도 모른다. 그러나 어느 순간이 지나면 장난이 아니라는 걸 깨달을 것이다. 그 오피스텔의 엘리베이터에는 CCTV가 있다. 자신이 납치된 것을 금방 알아내고는 신고할 것이다. 경찰에게 신고만 들어간다면 자신을 찾는 것은 시간문제일 터다. 요즘은 어딜 가나 CCTV가 있으니까. 그때까지만 버티면 된다.

기대감을 갖자 온몸의 신경이 예민하게 반응했다. 아픈 곳은 더 아프게 느껴졌고 인간의 마지막 자존감마저 잃어버렸다는 서글픔이 폭발했다. 하지만 그 와중에도 느껴지는 허기가 진솔을 치욕스럽게 했다. 배고픔이라는 원초적인 본능이 훼손된 인간의 존엄성을 압도했다.

다이어트를 한다고 며칠 동안 닭가슴살과 샐러드 외에는 아무것도 먹지 못했다. 앞도 잘 보이지 않을 정도로 부은 눈과 입술은 진솔에게 더 이상 문젯거리가 되지 못했다. 주린 배를 움켜쥐었다.

'버텨야 해.'

그렇게 생각한 것을 읽기라도 한 것처럼 철문이 삐걱거리는 소리를 내며 열렸다. 그 사이로 들어오는 아이들의 모습에 진솔은 겁에 질렸다. 또다시 자신에게 무슨 짓을 할지 몰랐다. 그 아이들이 자신에게 왜 이러는지는 이제 중요하지 않았다. 여기서 살아남을 수만 있다면 무슨 짓이든지 할 수 있을 것 같았다. 그러려면 우선 저 아이들의 마음에 들어야 했다.

"혹시 돈 같은 거 필요해?"

자기도 모르게 다리를 당겨 무릎을 꿇었다. 고개를 조아리며 묻는 소리에 진솔에게 다가온 아이들이 인상을 썼다.

"뭐라는 거야."

피어싱이 진솔의 머리를 툭 쳤다. 진솔이 얼른 말했다.

"나 돈 있어, 너희가 생각하는 것보다 많이. 필요하면 줄게. 도망 안 가. 필요하다고만 하면 비밀번호 알려줄게. 내 핸드백 너희가 갖고 있지? 거기에 카드 있어."

어떻게든 시간을 끌어야 한다. 시간만 번다면 자신은 살아날 수 있다. 아침만 되면 된다. 그렇다면 살아날 수 있다.

"등신이 머리 쓰네?"

머리가 긴 여자애가 욕설을 내뱉으며 진솔 앞에 앉았다. 얼굴을 마주 대고 진솔의 머리를 툭툭 밀었다. 돈도 통하지 않는 걸까. 또다시 때린다. 진솔은 눈을 질끈 감았다. 온몸에 힘이 들어갔다.

그때 자신의 꿇은 무릎 위로 뭔가가 던져졌다. 진솔은 질끈 감았던 눈을 떴다. 자신의 허벅지 위에 편의점 마크가 찍혀 있는 비닐봉지가 있었다. 벌어진 봉지의 틈으로 도시락이 보였다. 투명 케이스에 담겨 있는 밥과 반찬들이 진솔의 입맛을 돌게 했다. 평소에는 쳐다도 보지 않던 음식이었지만 지금은 그런 생각이 조금도 들지 않았다.

"이거나 처먹어."

"고마워, 고마워."

진솔은 연신 머리를 조아리며 성마른 손으로 도시락을 꺼내 열었다. 숟가락은 없었다. 진솔은 슬쩍 고개를 들어 아이들을 보았다. 일곱 명이 자신을 응시하고 있다. 먹어야만 한다. 진솔은 부르트고 갈라져 피가 맺힌 손으로 밥을 퍼 입에 허겁지겁 넣었다. 차가웠지만 밥알은 씹을수록 달았다. 아이러니했다. 이런 순간에 먹는 밥이 태어나 먹은 것 중에 가장 맛있게 느껴질 줄이야.

"킥킥."

불안한 웃음이 들려왔지만 진솔은 그 웃음이 무슨 뜻인지 생각도 못 했다. 손으로 반찬을 집어 입에 넣고, 또다시 밥을 집는데 때 그 위로 물줄기가 쏟아졌다. 누런 물줄기가 쏟아진 밥에서 지린내가 났다. 진솔은 자기도 모르게 고개를 들었다. 후드티가 오줌 줄기를 쏟아내고 있었다. 진솔은 재빨리 고개를 돌렸다. 여자애들이 깔깔거리며 웃었다.

"안 처먹어?"

긴 머리 여자애가 발로 진솔의 어깨를 걷어찼다. 도시락을 든 채로 진솔은 옆으로 쓰러졌다. 밥과 반찬들이 바닥으로 쏟아졌다. 일어나려는 진솔의 어깨를 긴 머리 여자애가 발로 짓눌렀다.

"처먹어."

진솔은 두려움에 떨었다. 시간이 자신의 편이라고 생각했지만 그게 아니라는 걸 이제야 깨달았다. 시간은 구원을 기약해주지 않았다. 언제 올지 모르는 구원이 아니라 지금 이 순간을 살아내야 한다는 것이 지옥처럼 느껴졌다.

뺨에 후끈한 기운이 느껴졌다. 눈을 옆으로 돌린 순간 불이 보였다. 라이터였다.

"얼굴을 지져줄까?"

진솔은 떨리는 손을 바닥에 떨어진 밥을 향해 뻗었다. 흠뻑 젖은 지린내 나는 밥을 손으로 쥐었다. 주춤거리는 진솔의 어깨를 긴 머리 여자애가 발로 꾹 눌렀다. 진솔은 부들거리면서도 손을 자신의 입으로 가까이 가져갈 수밖에 없었다. 입을 벌렸다. 살 수만 있다면 무슨 짓이라도 해야만 했다.

그러나 그 밥은 진솔의 입으로 들어가지 않았다. 입에 넣기 직전 뭔가 뿜어지는 소리와 함께 하얀 분말이 진솔의 전신에 쏟아졌다. 뭐가 뭔지 알 수 없는 상태에서 팔을 허우적거렸다. 아이들이 배를 잡고 웃어댔다.

"씨발, 진짜 먹으려고 했어."

피어싱의 손에 소화기가 들려 있었다. 자신을 향해 쏜 것이었다. 흰 분말이 머리 위에서 후드득 떨어졌다.

"더러운 년."

"씨발, 소름."

아이들이 저마다 욕을 쏟아냈다. 낄낄거리며 진솔을 조롱했다. 누군가 발로 차는 바람에 진솔은 나동그라지면서도 스프링이라도 달린 것처럼 벌떡 일어나 무릎을 다시 꿇고 앉았다. 자신을 향해 웃는 아이들을 향해 억지로 입술을 끌어올렸다. 바보처럼 웃었다. 어떤 거라도 해줄 것처럼 굴어야 했다. 머릿속에는 그 생각만 났다.

철컥.

다시는 열릴 것 같지 않던 문이 열렸다. 아침이 온 걸까. 자신을 구해주러 경찰이 왔는지도 모른다. 하지만 곧 아이들의 휘파람 소리에 진솔은 다시 한번 끝없는 절망에 빠져들 수밖에 없었다. 누군가 신이 난 듯 말했다.

"끝판왕 등장."

그 말은 진솔에게 유리한 상황이 아님을 뜻했다. 진솔은 두려움에 떨었다. 이어 저벅거리는 발소리가 들렸다.

"재밌게 놀았나 보네."

익숙한 목소리였다. 진솔은 고개를 치켜들었다. 다가온 남자의 얼굴을 확인한 순간 진솔은 깊은 어둠 속으로 떨어지는 아찔함을 느꼈다. 자신의 구원자여야 할 매니저 한석이 그곳에 서 있었다.

5

진솔은 한석을 올려다보았다. 눈으로만 자신을 내려다보는 시선이 싸늘했다. 온몸에 한기가 들었다. 심장에서 커다란 지진이 일어났다. 옆을 보자 모여 선 아이들이 킥킥거렸다. 부들거리는 입술을 간신히 열었다.

"설마, 오빠가 그런 거야?"

한석은 긴 한숨을 내쉬었다. 그러고는 가까이 다가와 진솔을 향해 무릎을 굽히고 앉았다. 그러고는 한쪽 팔을 들어 진솔의 머리를 쓰다듬었다. 다정한 손길은 아니었다.

"넌 여전히 멍청하구나."

"뭐?"

떨리는 목소리가 간신히 나왔다. 한석이 일어서며 말했다.

"지금까지 벌어진 상황, 네가 당한 일들, 네가 들은 말들 왠지 익숙하지 않아?"

진솔은 눈을 부릅떴다. 머리를 스치고 간 얼굴이 있었다. 심장이 쿵 내려앉았다. 그 애의 이름은 어렵지 않게 기억났다. 신초희.

중학교 2학년 첫 등교 날부터 마음에 들지 않았다. 하얗고 보드라워 보이는 피부, 찰랑이는 흑발, 가는 손가락과 가녀린 몸매. 마치 연예인 같았다. 원래부터 예쁘기로 유명했지만 다른 반이어서 그때까지는 신경 쓰이지 않았다. 그런데 같은 반이 되자 모든 게 재수 없어졌다. 남자애들이 흘끗거리는 걸 즐기는 것처럼 보이기도 했다. 체육 시간에 공을 제대로 던지지 못하는 것도, 수업 중간 흘러내리는 머리를 쓸어 올리며 목을 보이는 것도 다 재수 없었다. 신초희를 표적으로 삼은 건 그래서였다.

진솔에게는 패거리가 있었다. 1학년 때부터 함께 몰려다니며 담배를 피우거나 술을 마셨다. 담배나 술 따위는 손쉽게 구할 수 있었다. 사복을 입고 나가면 나이를 물어보지 않고 주기도 했고 가끔은 훔친 신분증을 내밀었다. 삼천 원만 내면 담배를 사다 주는 어른을 인터넷에서 쉽게 구할 수 있었다.

가끔은 아이들을 괴롭혔다. 돈을 뺏기도 하고 말을 듣지 않으면 따돌리기도 했다. 다른 아이들 앞에서 팬티까지 내리고 옷을 다시 못 입게 하거나 사물함에 쓰레기를 가득 넣기도 했다. 체육 시간에 벗어놓은 옷을 찢은 적도 있다.

신초희는 패거리에게 새로운 재밋거리였다. 교실 뒤쪽으로 따로 불러 여자애들끼리 신초희를 에워쌌다. 다른 아이들은 못 본 척 책에 고개를 박거나 슬그머니 밖으로 나갔다. 신초희의 하얀 얼굴이 파랗게 질렸다. 입술을 떨고 몸을 옹송그렸다. 상대가 두려워하니 이쪽은 자연스럽게 두려움이 되었다. 상대가 피해자의 얼굴을 하니 가해자가 되는 건 쉬웠다. 상대가 알아서 몸을 낮추니 그대로 짓밟아도 되는 것처럼 느껴졌다.

"꼬리 치는 거 영 재수 없단 말이지."

"잘못했어."

"잘못했으면 벌을 받아야지?"

때렸다, 얼굴을 피해서 교묘하게. 선생님들이나 부모에게 말하면 더 큰 지옥이 있을 거라고 말했다. 그 애를 심부름꾼처럼 썼다. 그때 패거리 중 남자애들이 신초희에게 관심을 가졌다. 룸 카페를 빌려 술을 마시면서 신초희를 불렀다.

"새로운 놀이 한번 할까?"

아이들이 달려들어 신초희의 윗옷을 벗겼다. 반쯤 드러난 가슴을 가리느라 신초희는 정신이 없었다. 그사이 한 남자애가 바지를 벗었고 진솔은 카메라를 들었다. 그 뒤는 자신이 당한 그대로였다.

"신고할 생각 마. 어차피 우리 촉법소년이거든? 금방 학교로 돌아온다고. 무슨 뜻인지 알지?"

그 영상 하나로 신초희를 마음대로 가지고 놀았다. 신초희는 하라는 대로 다 했다. 밥에 오줌을 싸도 그냥 퍼먹었다. 더럽다며 소화기를 쏜 것이 자신인지 다른 친구인지 잘 기억나지 않았다.

"그 애…… 신초희가 시킨 거야? 혹시 신초희 오빠야?"

"그렇다면 어떡할 건데?"

"그때 난 어렸어, 어렸다고. 뭘 몰라서 그랬어. 그런데 이건 아니잖아. 말로 할 수 있잖아."

"그 애도 어렸어. 어떻게 해야 할지 몰라서 두려웠고. 그건 맞는 일이야? 그때는 말로 할 수 없었어?"

"그렇다고 이렇게 복수하는 거야? 걔 어딨어? 무조건 빌게. 내가 무슨 일이든 다 할게. 내보내만 줘."

진솔은 무릎을 꿇은 채 두 손을 싹싹 비볐다. 한석이 말했다.

"안 그래도 나도 그렇게 하고 싶었어. 그 애를 데려다가 널 무릎 꿇려놓고 똑같은 짓을 당하는 모습을 보게 해주고 싶었지. 네가 비는 모습을 보여주고 싶었어. 근데 그럴 수 없어. 외상 후 스트레스 장애 때문에 널 볼 수도 없어. 그 애 인생은 그 날에 멈춰 있어. 인생이 망가진 거야. 그러니까 너도, 이 순간에 가둘 거야."

"잘못했어, 사과할게……."

진솔은 울음을 터뜨렸다.

"사과하지 마."

단호한 목소리가 그 울음을 잘랐다. 진솔이 힘겹게 고개를 들어 한석을 보았다.

"그 애는 사과 받아줄 마음 없으니까. 그냥 너도 똑같이 망가져."

"안 돼! 알잖아, 난 이제야 내 꿈을 찾았어. 놓칠 수 없어. 제발 부탁이야."

"어차피 넌 끝났어."

한석이 피식 웃음을 지으며 휴대폰을 꺼내 영상 하나를 재생시켰다. 거기에는 진솔이 신초희를 학대하던 모습이 찍혀 있었다. 누가 찍은 것인지는 몰라도 신초희보다는 진솔의 얼굴에 영상이 집중되어 있었다. 가학하며 짓는 웃음은 마치 악마 같았다. 한석은 화면을 바꿔 인터넷 기사를 열었다. 거기에는 진솔이 중학생 시절 벌인 일이 나열되어 있었다.

충격, 떠오르는 신예 배우 전진솔 학폭 사실 확인돼

수십, 수백 개의 기사가 진솔의 과거를 담고 있었다. 같은 학교에 다니던 아이들의 증언 글도 올라오기 시작했다. 댓글 창은 거의 마비 상태였다.

재기할 수 없다. 진솔은 입을 벌린 채로 숨도 쉬지 못하고 있었다.

"넌 끝났어."

"안 돼!"

머리를 감싼 진솔의 비명이 끝없이 이어졌다.

종료음이 울리자 원통형 캡슐의 뚜껑이 열렸다. 대기하고 있던 두 명의 교도관이 진솔을 일으켰다. 진솔은 기겁하듯 몸을 떨었다.

"안 돼! 안 돼!"

교도관들이 진솔을 끌고 방을 나섰다. 나갈 때까지 진솔은 안 된다고 소리를 질렀다. 열다섯 살 진솔의 몸이 교도관들에 의해 질질 끌려 나갔다.

"현실 분간을 못 하는군요."

연구원 태성수가 말했다. 연구소장 최연희가 팔짱을 꼈다.

"충격이 클 거예요. 가상이기는 하지만 직접 체험한 것과 같은 충격으로 세팅되어 있으니까. 한동안은 충격에서 벗어나지 못할 거예요."

2045년, 청소년들의 비행이 도를 넘기 시작하자 촉법소년에 대한 징벌을 강화해야 한다는 목소리가 높아졌다. 그 결과 제11호 처분, '정신 징벌'이 제정되었다. 정신 징벌 대상자는 징벌 포켓에 들어가 자신이 벌인 일을 똑같이 당하고, 미래까지 엉망이 되는 경험을 한다. 그 충격은 실제로 당하는 것과 흡사하다. 그 때문에 정신을 놓는 경우도 있고, 극도의 불안 장애를 얻거나 사회에 대한 공포를 얻게 되기도 한다.

원한다면 정신 징벌을 받고 있는 가해자를 피해자도 같이 볼 수 있지만 신초희는 거절했다. 외상 후 스트레스 장애를 겪고 있기 때문에 전진솔 보는 것을 거절했다. 정신 징벌 때 말한 대로 신초희는 그 순간에서 벗어나지 못하고 있었다. 연구진은 전진솔 역시 똑같이 당하도록 세팅하는 데 공을 들였다.

"논란 끝에 법은 통과됐지만 저는 잘 모르겠어요. 저 애의 인생을 망가뜨려도 될까요? 아무래도 인권 문제가……."

집행실을 나가려던 최연희가 태성수의 말에 걸음을 멈췄다. 그리고 천천히 돌아섰다. 최연희는 단호한 목소리로 말했다.

"잊지 말아요. 우리는 이제 가해자의 인권 따위를 우위에 두지 않기로 했어요."

　최연희는 그대로 집행실을 나갔다.

네메시스의
역주 逆走

홍성호

D-day

　범죄를 저지르고도 아무 일 없던 것처럼 집으로 돌아가다니. 보호처분이라 이미 예정된 결과였지만 용서할 수 없었다. 선민은 차창 밖을 응시하며 생각했다.

　이것만이 촉법소년을 정당하게 응징할 수 있는 유일한 방법이라고. 그리고 아버지로서 당연히 완수해야 할 의무라고.

　이제 곧 앳된 모습 안에 자신을 숨긴 능글맞은 악마가 나타날 것이다. 최근 선민의 사무실에 그날의 파일을 익명의 우편으로 보낸 것도 그 작은 악마의 소행이 확실하다. 그 파일은 경고장인 동시에 도전장이었다.

　운전대를 부여잡은 양손이 축축해졌다.

　명문 법대 입학을 축하하는 친척들. 함께 스터디 활동을 하며 법리 논쟁을 하던 친구들. 여러 차례의 좌절과 재도전. 그리고 칠 년 만에 들었던 합격 트로피와 박수갈채.

교통사고로 죽음의 문턱에서 검고 비릿한 향기를 맡은 예전 의뢰인의 경험담이 불현듯 떠올랐다.

"찰나였어요. 아주 어린 시절부터 사고 직전까지의 기억이 파노라마처럼 눈앞에 펼쳐졌어요."

의뢰인 말이 거짓이 아니라는 확신이 들 때쯤 드디어 1호 처분을 받은 악마가 나타났다. 선민은 가속페달에 발을 살며시 얹고, 차를 출발시킬 준비를 했다.

이게 최선이다.

선민은 관자놀이를 압박하는 강한 혈류를 느끼며 스스로 다그쳤다.

그런데 예상치 못한 방해물이 나타났다. 작은 악마와 나란히 걷는 사십대 후반의 남자. 안경 렌즈 속 깊은 눈과 덥수룩한 머리가 눈에 익었다.

마치 수행원처럼 찰싹 붙어서 걷는 저 남자를 어떻게 피해야 할까 잠깐 고민해봤지만 해답은 간명했다.

남자가 어떻게 되든 상관없다. 아니, 어쩔 수 없다.

선민은 가속페달을 세게 밟았다. 동시에 엔진이 비명을 질렀다. 날카로운 타이어 마찰음과 함께 선민의 차는 악마를 향해 돌진했다.

　법원 정문을 나서던 원식은 불길한 소음의 진원지를 향해 고개를 돌렸다. 자신을 향해 성난 코뿔소처럼 돌진하는 세단이 눈에 들어왔다.

　몸이 먼저 반응했다. 옆에 있던 소녀의 옷을 잡아채는 순간, 둔탁한 충격의 파장이 공기를 뒤흔들었고 두 사람의 몸은 스프링처럼 튕겨져 나갔다.

　이마와 인중을 실뱀처럼 타고 내려오는 뜨끈한 액체가 선민의 바짝 마른 입술을 적셨다. 머릿속에는 갈 곳을 잃은 기억의 편린이 부유했다. 소리의 창이 서서히 닫히면서 모든 것이 아스라해졌다. 뭍에 나온 해파리처럼 온몸이 녹아내리는 듯한 느낌이었다. 마지막 힘을 짜내 입술 양 끝 근육을 실룩였다.

　뭔가 잘못된 것 같다. 이게 아닌데.

　하지만 입술은 움직이지 않았다. 마지막 생각은 끝내 발화하지 못하고 머릿속에서 그대로 침전했다.

　세단은 법원 정문 문주 모서리를 정면으로 들이받았다. 움푹 들어간 보닛에서 검은 연기가 악령처럼 피어올랐다. 사람들이 모여들었다.

　"이거 미친놈 아니야?"

　"급발진 아닌가요?"

"불이 나요! 일단 사람 먼저 꺼내야 할 것 같아요!"

"우리 힘으로는 어려워요. 다리가 끼었어요."

"119에 신고할 테니 소화기 좀 찾아봐요."

차 주위에 모여 있던 사람 중 한 명이 쓰러진 원식에게로 다가왔다.

"괜찮아요?"

원식은 비로소 정신을 차리고 몸을 일으켰다. 팔꿈치에서 피가 배어 나오는 것 빼고는 이상이 없는 것 같았다.

"네, 아직은."

"천운입니다. 이걸 피하다니 말이에요."

원식은 불과 몇 발자국 옆에서 매캐한 연기와 함께 불길이 일어나고 있는 차를 바라봤다.

"사고 순간을 목격했는데, 아주 간발에 차로 피했어요. 차가 기둥을 박을 때 충격이 어찌나 큰지 땅이 울릴 정도였어요. 이 학생도 아저씨 덕분에 화를 면한 거예요. 와, 그 순간에 학생까지 끌어당기며 차를 피하다니 정말 대단합니다."

원식은 주변을 둘러보았다. 충격이 가시지 않았는지 예린은 아직 바닥에 주저앉아 있었다.

"괜찮니?"

"네."

예린이 먼지를 털며 자리에서 일어났다.

"사고죠?"

"글쎄."

원식이 고개를 갸웃했다.

"조사관님 덕분에 살았어요."

차로 다가간 원식은 피를 흘리며 고개를 떨구고 있는 운전자를 바라봤다.

"어……."

분명 아는 얼굴이었다.

"아는 사람이에요?"

예린이 원식의 눈치를 살피며 차로 다가왔다. 원식은 예린을 가로막았다.

"너도 아는 사람이야."

예린은 운전자의 얼굴을 보지 못했지만, 누구인지 알 것 같았다.

원식은 예린의 어깨에 손을 얹은 채 고개를 젖혔다. 새파란 하늘이 눈에 들어왔다. 눈을 질끈 감자 불타오르는 차에서 전해지는 열기가 느껴졌다.

"일부러 그런 거네요, 복수하려고."

"그걸 괜히 보냈나……."

달려오는 구급차 사이렌 소리에 원식의 말이 묻혔다.

"조사관님, 저번에 드린 메모리카드는 어떻게 됐나요?"

"조만간 돌려줄게."

D-15

"불송치 결정이라니, 이게 말이나 되는 겁니까!"

선민의 성난 목소리가 사무실 정적을 깨뜨렸다. 형사가 사무적으로 대답했다.

"법과 판례에 따라 결정한 겁니다."

"뭐, 법과 판례라고? 경찰 따위가 법리를 알아?"

"우리 판단에 불만 있으면 이의신청서를 내시죠."

"누가 이의신청 절차를 몰라서 이러는 줄 알아?"

"그럼 왜 이러고 계시죠? 당장 이의신청 하세요."

"지능도 떨어지는 아이가 이런 계획적인 범죄를 저지르는 게 가능하다고 생각해? 이건 형사처벌 되지 않는 촉법소년을 이용한 범죄란 말이야. 그 아이 할아버지나 할머니가 손녀에게 범죄를 교사하고, 자신들은 뒤에서 이 상황을 즐기고 있다고. 그런데도 이 사건이 불송치 대상이야? 형법 공부 다시 해라, 제발!"

선민의 귓불이 벌겋게 달아올랐다.

"사무실에서 계속 소란 피우면 강제로 퇴거시킬 수 있습니다. 그만하세요."

"뭐, 소란? 퇴거? 날 끌어낼 수 있으면 한번 해봐. 내가 가만 있을 줄 알아?"

"당신이 변호사라고 내가 못 끌어낼 거 같아?"

자리에 앉아 굳은 얼굴로 형사와 선민의 다툼을 바라보고 있던 팀장이 일어났다. 딱딱했던 팀장 얼굴에 어느새 부드러운 미소가 자리 잡고 있었다.

"두 분 모두 흥분한 것 같습니다."

"경찰의 부당한 결정에 의견 제시하는 게 잘못인가요?"

선민의 목소리가 다소 누그러졌다.

"그럴 리가요. 변호사님도 잘 아시다시피 저희 판단에 승복하지 못한다면 이의신청을 하시고, 검찰의 판단을 다시 한번 받아보시죠. 여기서 이렇게 언쟁하면서 서로 에너지 낭비할 필요 없지 않나 싶은데요."

"내가 절차를 몰라서 이러는 게 아니잖아요."

"저도 자식이 있는 사람으로서 아드님 사고에 대해 안타깝게 생각합니다. 저희도 이번 사건이 변호사님이 고소한 대로 동기 측면에서 특이점이 있다고 판단해서 깊이 있게 조사했습니다. 그런데 할머니와 할아버지가 어린 손녀에게 이런 범죄를 교사했다고 인정하기에는 증거가 너무 부족합니다. 더군다나 어린 학생이 개를 이용하여 계획적으로 범행을 저질렀다고 보기에는 무리가 있습니다. 변호사님이 방금 말한 것처럼 그 학생이 지능이 낮다면 더욱요. 물론 우리가 그 학생을 조사하면서는 지능이 낮다는 느낌을 받지 못했지만요."

"그러니 경찰이 맨날 무능하다는 소리를 듣는 겁니다."

선민은 경멸의 눈빛으로 팀장을 쏘아보며 말하자 후배 형사가 말했다.

"말 가려서 하세요."

팀장이 선민 앞으로 나서려는 형사를 제지하며 정중하게 말했다.

"네, 죄송합니다. 변호사님 말씀처럼 이번 사건은 저희 능력 밖의 일인 것 같습니다. 그러니 검찰 판단을 다시 받아보시죠."

"여기 있습니다."

선민은 가방에서 서류를 꺼내 팀장에게 들이밀었다.

"이의신청서군요. 그럼 정식으로 접수하겠습니다."

팀장의 말이 끝나기도 전에 선민은 등을 돌려 출입문을 향해 걸었다.

"아니, 이의신청서를 이미 준비해놓고 왜 지금까지 진상을 부린 거지? 어휴."

후배 형사가 선민의 뒤통수에 대고 말했지만 선민은 뒤돌아 보지 않았다.

"할머니, 할아버지가 손녀에게 개를 이용해 피해자에게 상해를 입히라고 교사했다는 주장은 거의 망상 수준이에요. 말도 안 되는 고소장을 내면서 닦달하다니, 저 사람 변호사 맞나 싶습니다."

"그냥 화풀이하러 온 거야. 이게 사건이 안 된다는 건 본인이 더 잘 알 거야, 변호사니까."

"그럴까요?"

"가해자는 과실치상으로 송치되었는데, 촉법소년이라 조만간 보호처분 받고 끝날 예정이잖아. 그래서 대안으로 가해자의 조부모를 엮어서 형사처벌 받게 해보겠다고 조부모를 상대로 고소장 내고 저러는 건데……. 만약 내 자식이 이런 사건으로 영구 장애 얻고, 정신적 충격으로 일상생활 제대로 못 하고 집에만 틀어박혀 있다면 나도 저럴 것 같아. 민사소송으로 손해배상이야 받을 수 있겠지만 그걸로는 절대 성에 차지 않겠지."

"저는 아직 자식이 없어서 잘 모르겠네요."

"근데 뒤끝 있는 사람 같아. 나중에 또 다른 문제를 제기할 수 있으니까 이의신청서랑 사건 기록 빨리 검찰에 송치해. 저 사람 눈빛 보니까 왠지 느낌이 안 좋아."

D-30

"그동안 잘 지냈니?"

말투부터가 확실히 달랐다.

매서운 눈빛과 다부진 체격의 경찰 수사관과 부드러운 눈매와 덥수룩한 머리의 동네 아저씨 같은 법원 소년사건 조사관은 전혀 다른 세상의 사람이었다. 더군다나 소년사건 조사관은 이미 한 번 본 적 있어 친근감이 느껴졌다.

예린이 조사관의 안경 속 깊은 눈을 바라보며 대답했다.

"그럭저럭 잘 지냈어요."

"내가 이 일 하면서 한 사람을 두 번 만나는 경우가 종종 있어. 피해자와 가해자가 뒤바뀌는 경우도 있고. 예린이처럼 말이야."

"네."

"저번에도 이런 면담을 해서 잘 알 테지만, 나는 이번 사건 자체에 대해서 알고 싶은 게 아니고 예린이가 어떤 사람인지, 어떤 환경에 처해 있는지에 대해 알고 싶어. 판사님께 면담 보고서를 제출하려고 이러는 거니 부담 가질 필요는 없어."

"알고 있어요."

"그래, 예린이는 똑똑하니까 잘 이해하고 있을 거라 생각해. 난 이번 사건을 경찰 조사 기록을 통해 파악했어. 그런데 기록을 검토하다 보니 이런 우연이 발생할 수도 있나 싶어서 고개가 갸우뚱해지더라고."

"……."

"혹시 이번 사건의 피해자인 김하루와 또 무슨 일이 있었던 거니?"

"아뇨, 저번 사건 이후로 학교나 동네에서 마주쳐도 째려보기만 할 뿐 예전처럼 저능아라든지, 찐따라든지 하는 말은 하지 않거든요. 그래서 부딪칠 일은 없었어요."

"준수 사항을 나름 잘 지키고는 있었군."

"준수 사항이요?"

"저번 사건 보호처분 받으며 보호관찰처분도 받았는데, 내 기억으로는 보호관찰 기간 동안 준수할 사항 중에 예린이에게 말 걸지 않는 사항도 있었어."

"아, 그래서 저에게 한마디도 하지 않은 거군요."

"그런데 하루 부모님을 면담해보니 저번 사건에 대한 복수로 예린이가 이번 사건을 계획한 거라고 하던데?"

"그런 거 아니에요. 그냥 실수일 뿐이에요."

"그래, 살다 보면 그런 우연도 생길 수 있지. 이런 일이 계획한다고 되는 일도 아니고 말이야. 하지만 피해자 부모 입장에서는 이번 사건으로 신경이 날카로워져서 합리적 사고를 하기어려울 거야. 그러니 음모론 같은 이야기를 하는 거고."

선한 인상의 조사관에게 거짓말하는 게 마음 편치는 않았으나, 그렇다고 속내를 털어놓을 수는 없었다.

조사관은 잠시 생각하는 듯하더니 말을 이었다.

"지금 누구랑 살고 있니?"

"할머니, 할아버지랑요."

"학교는 잘 다니고?"

"하루랑 학교에서 가끔 마주치는 게 좀 껄끄럽기는 한데, 학교는 잘 다니고 있어요."

"하루가 전학 가지는 않고?"

"하루가 벌인 일이 과실이기 때문에 전학 갈 정도는 아니라고 하더라고요. 그래서 저랑 반을 멀리 떨어뜨린 것으로 끝났어요. 걔는 1반, 저는 15반이요. 다른 학교는 전학 간다고도 하는데, 우리 학교가 명문 중학교라 하루 부모님이 교장실에 가

서 전학 가지 않겠다고 강력하게 주장했나 봐요. 하루가 촉법
소년이라서 아무 처벌도 받지 않았는데, 전학 가는 건 말도 안
되는 일이라면서요. 걔네 아빠가 변호사라서 그런 거에 대해
잘 알아요."

"너도 촉법소년이라서 이번 사건으로 형사처벌 받지 않는다
는 것을 잘 알고 있지?"

"네."

"그래. 하루가 많이 다친 것도 알아? 장애를 얻어서 평생 뛰
지도 못하고, 걸을 때도 몹시 불편하게 걸어야 한대. 그리고 장
애에 대한 정신적 충격으로 정신과 진료를 받고 있대."

"네, 요즘은 학교에도 안 나오던데요. 하루가 장애인이 되었
다는 소문이 학교에 다 퍼졌어요."

"지금은 하루에 대한 감정이 어떠니?"

"글쎄요, 뭐라고 해야 하나……."

예린은 자신의 복잡한 감정을 몇 마디 말로 표현하기 쉽지
않았다.

"이야기하기 힘들면 하지 않아도 돼. 예린이도 그간 많이 힘
들었을 테니까."

예린은 자신의 마음을 이해해주는 조사관이 고마웠다.

"아뇨, 이야기할 수 있을 거 같아요."

예린이 큰 숨을 한 번 내쉬고는 말했다.

"정말 미안하고, 불쌍해요. 진심으로요. 그리고 저의 잘못된 생각과 행동에 대해서도 많이 반성하고 있어요."

"잘못된 생각?"

눈시울이 붉어진 예린은 자신이 말실수한 것을 깨달았으나, 경찰도 아닌 조사관에게 자신의 감정을 애써 숨길 필요 없다고 생각했다. 만약 문제가 될 만한 이야기를 한다 해도 촉법소년이니 어차피 형사처벌은 받지 않는다.

"예전 사건 때문에 정말 괴로웠어요. 우연히 아무도 모르는 비밀을 알게 됐거든요."

예린은 여태껏 아무에게도 말하지 않은 사실을 조사관에게 털어놓았다. 예린이 이야기를 마치자 조사관이 물었다.

"조금 전에 말한 메모리카드는 아직 보관하고 있는 거니?"

예린은 대답 대신 고개만 끄덕였다.

D-60

"연우야, 부탁해. 넌 잘할 수 있을 거야. 자, 가라!"

예린의 품을 떠난 연우는 익숙한 냄새를 쫓아 쏜살같이 내

달렸다.

"악!"

연우의 이빨은 좌표가 입력된 것처럼 앞서 걷는 소년의 발목 뒤에 정확히 꽂혔다. 소년은 기습에 방어할 틈도 없이 비명을 지르며 그 자리에서 중심을 잃고 쓰러졌다.

"살려주세요!"

소년은 물린 발목을 빼내려고 안간힘을 썼다. 하지만 힘을 줄수록 더 옥죄는 수갑처럼 연우의 이빨은 소년의 발목을 깊숙이 파고들었다.

소년이 발버둥 치며 소리 질렀지만, 먹잇감을 사냥하듯 맹렬하게 물고 늘어지는 연우의 기세에 상현천 산책로를 걷고 있던 사람들은 도울 엄두도 내지 못했다.

소년의 양 발목에서 흘러나온 피와 살점으로 바닥이 붉게 물들었을 무렵 경찰이 나타났고 한낮의 참극은 마무리되었다.

뒤이어 사이렌 소리와 함께 구급대가 도착하여 정신을 잃은 소년을 구급차에 태웠다.

"네가 이 개 보호자니?"

경찰의 물음에 예린은 몸을 심하게 떨며 대답했다.

"네."

"괜찮아?"

"너무 무서워요."

"핏불테리어 맞지?"

"네."

"저런 맹견을 혼자 데리고 다니면 어떡하니."

"죄송해요."

예린은 울음을 터뜨렸다.

"아, 아니, 혼내는 건 아니고……. 피해 학생이 많이 다친 거 같아서 이야기한 거였어."

예린이 갑자기 울자 경찰은 당황한 것 같았다.

"잘못했어요……."

오늘 같은 일이 일어나기를 절실하게 바랐지만, 막상 눈앞에서 피 튀기는 장면을 마주하자 예상치 못한 난해한 감정이 예린을 휘감았다.

쾌감이 찾아오자마자 곧바로 죄책감이 들었고, 슬픔과 기쁨이 뒤섞여 순식간에 감정의 도가니에 녹아들더니 마침내 정확한 감정이 뭔지 불분명해졌다. 다만 한 가지 확실한 건 뒤죽박죽된 감정이 지금까지 예린의 마음속 깊숙이 똬리 틀고 있던 분노를 사그라들게 했다는 것이다. 그리고 분노의 자리를 대신해 들것에 실려 간 소년에 대한 측은함이 자리 잡았다.

경찰이 자신의 휴대폰을 꺼내며 말했다.

"엄마나 아빠 전화번호 좀 알려줄래? 미성년자는 부모님께 연락해야 해서."

"엄마, 아빠가 안 계세요."

"어……."

경찰은 잠시 할 말을 골랐다.

"그럼 내가 누구한테 연락하면 될까?"

"할아버지요."

"핏불테리어 같은 맹견을 몸집도 작은 학생 혼자 데리고 나오게 두면 어떡합니까? 병원에 알아봤더니 영구 장애가 남을 수 있는 큰 상처라고 합니다. 만약 저희가 몇 분 더 늦게 도착했더라면 생명이 위험할 수도 있었어요."

"모두 제 불찰입니다. 모든 책임을 지겠습니다."

화난 듯한 수사관의 말에 백발의 남자가 고개를 숙이며 대답했다.

"더군다나 손녀분이 피해자와 아는 사이라고 하던데요."

"네, 저도 깜짝 놀랐습니다. 이런 우연이라니."

"우연이요? 지금 피해자 부모는 계획적으로 이 일을 벌인 거라고 주장하고 있어요."

"그럴 리가요. 저런 맹견을 우리 손녀가 어떻게 제 마음대로 조종합니까. 조련사도 아닌데요. 우리 손녀가 실수한 건 책임지는 게 도리지만, 지금 수사관님께서 말씀하신 이야기는 전혀 수긍할 수 없습니다."

"실수라는 말로 그냥 넘어갈 수 있는 사안은 아닌 것 같습니다. 피해자 부모가 화가 많이 나 있어요. 피해도 이만저만이 아니고요. 그리고 피해자 아버지는 변호사란 말입니다. 그냥 넘어갈 것 같지 않아요."

어느새 백발의 남자는 얼굴에서 미안한 표정을 싹 지우고 퉁명스러운 말투로 말했다.

"변호사가 뭐 대수인가요? 우리 손녀는 지금 촉법소년입니다, 맞지요?"

"네."

남자는 수사관을 쏘아보며 확인받듯이 물었다.

"촉법소년이면 과실인 사건으로 형사처벌 받지 않는다고 알고 있는데요. 제 말이 틀렸나요?"

"……."

"기껏해야 보호처분일 텐데 무슨 큰 죄라도 지은 것처럼 닦달하시네요. 제가 민사책임을 회피하는 것도 아니고, 경찰서에 조사받으러 올 의무도 없는 걸 시간 내서 왔더니 계획적으로 벌인 일이라는 둥 황당한 이야기만 늘어놓으시고……. 불쾌해서 이만 일어나겠습니다. 연우는 우리 손녀가 곁에서 자신을 지켜줄 수 있는 친구가 필요하다고 해서 분양받은 강아지예요. 그런 강아지가 사람을 물었다고 계획적이니 뭐니 하는 게 아주 기분 나쁘네요. 혹시 피해자 부모한테 돈 받아먹은 건 아니죠?"

수사관은 사무실을 나서는 남자의 뒷모습을 말없이 바라볼 수밖에 없었다.

D-80

예린은 손이 떨리고 가슴이 두근거렸다. 진정하려고 애썼지만 뜻대로 되지 않았다. 태어나서 남의 물건을 훔치는 것이 처음이기 때문이다.

오늘 훔쳐야 할 물건은 값어치가 나가는 물건이 아니었다. 그냥 냄새나는 교복 바지 한 벌뿐이었다. 하지만 계획을 완벽하게 실행하기 위해 꼭 필요한 물건이었다.

예린은 심호흡을 하고, 교실 문을 살며시 열었다. 아무도 없었다.

미리 봐둔 자리로 이동하자 예상했던 대로 허물처럼 벗어둔 교복 바지가 책상 위에 놓여 있었다. 예린은 교복 바지를 에코백에 쑤셔 넣고 서둘러 자리를 뜨려다가 의자 위에 놓인 양말을 발견했다. 체육 시간에 양말까지 갈아 신는 경우는 드문데, 의외의 소득이었다. 양말까지 챙긴 예린은 교실을 살며시 빠져나왔다.

1학년 1반 체육 시간에 맞춰 배가 아파 화장실에 가겠다며 선생님께 허락받고 나온 예린은 의심받지 않게 자신의 교실로 돌아왔다. 복도에 있는 사물함에 에코백을 넣고 그제야 안도의 한숨을 쉬었다.

그때, 계단에서 쿵쾅거리는 발소리가 났다. 이윽고 복도에 체육복 차림의 남학생 무리가 나타났다. 그 무리 속에는 예린이 마주치고 싶지 않은 사람도 있었다. 교복 바지와 양말 주인 김하루.

하필 이럴 때 마주치다니. 예린의 입이 금세 말라붙었다. 하루는 복도에서 마주친 예린에게 잠깐 시선을 마주치며 콧바람을 냈다. 그러고는 아무 말도 하지 않고 무리와 함께 예린의 곁을 스쳐 지나갔다.

짧은 눈빛 교환이었지만, 하루의 눈에는 예린에 대한 경멸과 조롱이 가득 담겨 있었다.

초등학교 때부터 그랬다. 예린은 하루의 눈에 담긴 적의를 계속 느껴왔지만 여태까지 그 이유를 알 수 없었다.

그나마 다행인 건 요즘은 눈빛만 건넬 뿐 어떤 말도 던지지 않는다는 것이다. 왜 그렇게 변했는지도 전혀 알 수 없었다.

소문은 순식간이었다.

1학년 1반 체육 시간에 하루의 교복 바지와 양말이 사라졌다는 소문이 몇 시간 되지 않아 1학년 모든 반에 퍼졌다. 다행히 교복 바지와 양말이 사라진 게 현금이 없어진 것처럼 중요한 사건은 아니었기 때문에 교내에서 큰 문제로 대두되지 않았다. 하루도 더는 학교에서 사건 사고로 주목받는 게 부담스러웠는지 부모님께 연락한다거나 일을 크게 벌리지 않고, 그냥 체육복을 입은 채 하교했다.

교복과 양말을 전리품처럼 챙겨 집에 돌아온 예린은 교복 바지 밑단에 양말을 꿰매어 일체가 되게 해서 옷걸이에 걸었다. 옷걸이에 걸린 바지와 양말을 보니 꽤 그럴싸해 보였다. 마치 마네킹의 하반신만 잘라서 걸어놓은 것 같았다.

이제 연우를 훈련만 하면 된다.

연우는 분양받아 가족처럼 지내고 있는 핏불테리어의 이름이다. 연우라는 이름은 엄마와 아빠의 이름 중 한 글자씩 가져와 지었다.

처음에는 옷걸이에 걸린 교복에 아무 반응이 없었지만, 예린이 교복을 향해 공격하는 듯한 모습을 보여주며 심지어 교복 바지로 연우를 반복해서 건드리자 연우가 슬슬 움직이기 시작했다.

연우의 반응을 보니 아이디어가 적중한 느낌이 들었다. 하루 냄새가 잔뜩 밴 교복 바지로 공격적 행동을 놀이처럼 꾸준히 반복하면 연우가 하루를 공격 대상으로 인식할 것 같았다. 나중에 같은 냄새를 지닌 사람이 나타나도 말이다.

예린이 교복을 향해 으르렁거리는 연우를 바라보며 말했다.

"연우야, 부탁해. 복수해줄 친구는 너밖에 없어."

D-150

"예린아, 왜 하필 핏불테리어니? 몰티즈나 푸들 같은 귀여운 강아지가 더 좋지 않을까? 핏불테리어는 맹견이란 말이야."

"할아버지, 저는 지금 곁에서 저를 지켜줄 듬직한 친구가 필요해요. 그냥 생각나는 대로 말씀드린 거 아니에요. 많이 생각하고 말하는 거예요."

"다시 한번 생각해봐라. 너무 위험해."

"사실 여태 말씀드리지 못한 게 있어요."

예린이 심각한 표정을 지었다.

"뭔데?"

"요즘 매일 밤 악몽을 꿔서 잠을 잘 수가 없어요."

"어떤 꿈이길래?"

"누군가 나타나서 엄마, 아빠를 칼로 찌르는 꿈이에요."

"그랬구나."

할아버지는 예린에게 다가가 살며시 안아주었다.

"예린아, 넌 지금 강아지보다 상담이 더 필요한 거 같다. 네가 이겨냈다고 생각했는데 내 착각이었나 봐. 미안해, 내가 좀 더 신경을 써야 했는데."

"아니에요, 전 지금 상담보다 핏불테리어가 더 필요해요. 듬직한 강아지가 곁에서 같이 자면 더는 악몽에 시달리지 않을 거예요. 제발 부탁드려요."

"그래, 알았다."

예린은 할아버지를 속이는 것에 죄책감을 느꼈다. 하지만 어쩔 수 없는 일이라 생각하며 스스로를 다독였다. 사실 어떻게 보면 거짓이 아니기도 했다.

누군가 부모님을 해치는 꿈을 꾸지는 않았지만, 매일 밤 불현듯 그놈 목소리가 들려와 잠을 설치는 경우가 많았다. 물론 환청은 아니었다. 실재하는 목소리니까. 절대 거짓일 수 없는 생생한 목소리는 죽을 때까지 잊지 못할 것이다.

핏불테리어를 반려견으로 삼겠다는 생각은 뉴스를 보다가 떠올렸다. 맹견을 잘못 관리하여 주변 사람이 다치는 내용이었다. 피해자가 입은 상해는 크지만 견주에게 내려지는 처벌은 그다지 크지 않았다. 인터넷에서 개 물림 사고와 사망사고에 대해 집중적으로 검색했다. 공식처럼 대부분 과실로 처벌되었다.

예린은 자신을 인터넷 기사 속 사고에 대입해보았다. 성인이 아닌, 촉법소년인 예린은 아무리 생각해도 처벌받기 어려웠다. 촉법소년에 대해 정확히 알게 된 것이 얼마 전인데, 이렇게 도움이 될 줄은 몰랐다.

예린은 그동안 그놈의 목소리를 확인하고 복수를 생각했다. 하지만 구체적인 계획을 세울 수 없었다. 그냥 상상으로 끝날 확률이 높았다. 또래보다 체구가 작은 편인 데다 복수의 대상인 그놈은 자신보다 덩치가 두 배는 컸다. 혼자의 힘으로는 복수가 불가능하다고 생각했고, 자신의 힘을 배가시켜 줄 도구가 필요했다. 그게 핏불테리어였다.

핏불테리어는 예린의 복수를 가능하게 해줄 것이고 아무도 처벌받지 않게 될 것이다. 최상의 선택이었다.

할아버지를 설득한 예린은 원하는 대로 성견 핏불테리어 수
컷을 분양받았다.

D-300

예린은 말이 없다고 하루로부터 줄곧 놀림을 받았지만, 말
이 없다고 생각이 없는 것은 아니었다. 오히려 말이 많은 사람
이 생각이 별로 없지 않을까. 말을 쏟아내는 데 열중하느라 생
각할 겨를이 없을 테니까.

이런 이유로 예린은 여느 또래와는 좀 다르게 평소 말 많은
사람보다는 말수가 적은 친구를 선호하는 편이었다.

여름이 그런 친구였다. 여름은 예린과 마찬가지로 걸 그룹
과 애니메이션을 좋아했다. 둘 다 평소 말수가 적었지만 자신
이 좋아하는 것에 푹 빠지는 덕후 기질이 비슷했다. 둘이 있을
때도 말을 많이 하지 않았다. 그저 서로의 존재 자체만으로도
교감하고 즐길 수 있는 사이였다.

그런 여름이 어느 날 평소와는 다르게 하루에 대한 이야기
를 많이 했다.

"하루, 걔 좀 이상해."

"응?"

"오늘 학원 끝나고 집에 가다가 하루가 자기 친구랑 가는 걸 봤거든."

"응…….'

예린은 하루라는 이름만으로도 메스꺼운 느낌이 들어서 여름의 이야기에 뜨뜻미지근한 반응을 보였다.

"걔네 집 가는 길에 상현천이 있어서 다리를 건너야 하잖아. 그런데 다리를 건너다 중간에 갑자기 서더니 가방에서 뭔가 꺼내서 다리 아래로 휙 던지는 거야. 쓰레기라도 버리는 건가 해서 유심히 봤는데, 던지는 물체가 너무 작아서 뭔지는 모르겠더라고."

하루가 하는 행동은 언제나 역겨웠다. 깨끗한 상현천에 쓰레기라니. 하루의 행동이 머릿속에 그려져 예린의 미간이 저절로 찌푸려졌다.

"진짜 미스터리한 건 지금부터야."

여름이 목에 힘을 주며 말했다.

"던지고 나서 옆에 있던 친구한테 이러더라고. '내가 지금 버린 게 뭔 줄 알아? 메모리카드야. 저기에는 아주 중요한 게 들어 있어. 그날 사고 치고 본능적으로 저 메모리카드가 아주 중요한 단서가 될 수 있다고 생각했어. 물론 유튜브 같은 데서 영감을 얻기도 했지만……. 어쨌든 그날 사고 치자마자 제일 먼저 챙긴 게 이거야. 주머니에 넣어두었다가 집에 돌아가서 가방에 넣고 여태 가지고 다녔어. 하마터면 가방에 넣어둔 걸 까먹을 뻔했네. 이제는 다 끝나서 더는 숨길 필요가 없지만, 가지고 다니면 재수 없으니까 버리는 거야. 너도 혹시 앞으로 무슨 일 생기면 휴대폰이나 메모리카드 같은 거 조심해. 뭔가 안 좋은 게 저장되어 있을 거 같으면 나처럼 얼른 숨기든지 버리든지 하고. 이게 전문용어로 증거인멸이라고 하는 거야, 증거인멸! 아빠도 그날 메모리카드가 사라진 거 알고 내가 그랬다고 생각하는 눈치였는데, 내색은 안 하더라고. 경찰한테는 원래 없었다고 이야기했대. 이건 내 생각인데, 내 빠른 판단에 대해서 아빠도 내심 대견해하는 거 같더라. 아무도 알려준 적 없는데 중학교 1학년이 스스로 그 정도로 판단하는 게 대단하지 않냐? 원래 촉법소년이 무적이기는 한데 증거까지 없으니 완전히 최강 무적이 된 거지. 나를 누가, 어떻게 처벌하겠어. 안 그래?"

딱 하루 같은 말투와 행동이었다. 예린은 속이 다시 뒤틀렸다. 여름도 혀를 찼다.

"앞서 걸어가면서 그 말 듣는데 얼마나 역겨웠는지."

예린은 여름이 전해주는 이야기를 들으면서 욕이 튀어나올 뻔했다. 그런데 뭔가 미심쩍은 구석이 있었다. 메모리카드라면 얼마 전에 일어난 사건과 관련이 있을 것 같았다. 여름의 이야기를 되새길수록 더욱 의심스러웠다.

예린은 창밖을 바라보았다. 아직 해가 하늘에 넉넉히 걸려 있었다.

"여름아, 나 좀 도와줄 수 있어?"

유월의 태양은 생각보다 뜨거웠다. 덕분에 물이 차지 않아 좋았다. 중요한 일이라는 걸 직감했는지 여름은 군말 없이 예린을 따라나섰다.

"던진 곳이 어느 쪽이야?"

"이쪽."

여름의 손가락이 가리키는 곳으로 예린이 움직였다.

"여기서부터 우리 나란히 서서 찾자고."

"찾을 수 있을까?"

"물도 많지 않고 유속도 빠르지 않아서 멀리 가지는 않았을 거야."

물은 예린과 여름의 발목을 간질이며 천천히 흐르고 있었다.

두 사람이 서 있는 상현천은 원래는 자연천이지만 거의 건

천이었다. 십여 년 전 산책로를 조성하면서 지하수를 끌어다가 상류에서 흘려보내는 인공천처럼 공사한 덕분에 그나마 발목까지 오는 수량을 유지할 수 있었다.

예린과 여름의 손에는 예린의 집 창고에서 꺼낸 다슬기 채집기가 들려 있었다. 예린의 아이디어였다.

"이거 엄청 잘 보이는데."

"엄마, 아빠랑 놀러 가서 몇 번 쓴 건데 꽤 쓸 만해. 그때 이걸로 다슬기도 많이 잡았어."

"그랬구나."

나란히 선 둘은 채집기를 통해 바닥을 샅샅이 뒤졌다. 다리 위에서 둘을 내려다보던 동네 아줌마, 아저씨도 저녁 먹으러 들어가고 태양이 오렌지색으로 변하며 힘을 잃어갈 즈음 여름이 소리쳤다.

"찾았다!"

"어디?"

"여기 있어!"

여름이 물속에서 손톱 크기의 메모리카드를 꺼내 보였다.

"어, 맞는 거 같아!"

여름은 메모리카드를 예린에게 건넸다. 그러고는 허리를 쭉 펴고 기지개를 켜면서 다리와 거리를 가늠해보았다. 아무리

넉넉하게 잡아도 십오 미터를 넘지 않을 것 같았다.

"하루 개, 맨날 센 척하더니만 고작 이 정도밖에 못 던진 건가."

여름이 코웃음을 쳤다.

자정이 얼마 남지 않은 시각, 예린은 충분히 건조한 메모리 카드를 리더기에 삽입했다.

컴퓨터 본체에서 들리는 팬 소리 이외에는 방 안에 아무 소리도 들리지 않았다.

드디어 컴퓨터가 메모리카드를 인식하고, 저장된 파일을 가지런히 모니터에 정렬했다. 메모리카드 안에는 무수히 많은 동영상 파일이 저장되어 있었다.

예린은 파일 중 가장 최근에 저장된 파일을 찾아 클릭해보았다. 모니터에는 예상했던 장면이 재생되었다.

예린은 동영상이 끝나기 전에 눈을 질끈 감았다. 감은 눈에서는 눈물이 하염없이 흘렀다. 괜히 재생했다는 생각이 들었다. 더불어 이걸 굳이 숨길 필요가 있었나 하는 생각도 들었다. 그러다 동영상이 뭔가 허전하다는 걸 깨달았다. 스피커가 꺼져 있어 소리가 나오지 않은 것이다.

예린은 동영상 재생 버튼을 다시 누르고 스피커 전원을 켰다. 동영상과 함께 하루의 목소리가 새어 나왔다.

예린은 자신의 귀를 의심했다. 하루가 말하는 내용은 지금 껏 자신이 알고 있던 사실과 달랐다. 일종의 자백이었다.

도무지 믿기지 않는 내용이어서 두 번을 듣고 난 뒤에야 진 실을 파악할 수 있었다. 그러자 뒤늦은 전율이 찾아왔다.

예린의 눈에 눈물 대신 불이 일었다.

"김하루, 내가 반드시 죽여버릴 거야."

예린은 미친 듯이 소리를 질렀다. 그 탓에 할머니, 할아버지 가 방문을 열고 들어왔다.

"무슨 일이니?"

예린은 컴퓨터 모니터 전원을 황급히 껐다.

D-330

"많이 힘들지? 갑자기 이런 일을 겪어서."

"네, 힘들어요. 근데 잘 견디고 있어요."

"훌륭하네. 나도 이런 일을 겪었다면 많이 힘들었을 거 같아. 중학교 1학년이라고 했지? 학교는 잘 다니고?"

안경 렌즈 속 깊은 눈과 덥수룩한 머리의 사십대 후반의 남자가 거부감 없는 말투로 예린에게 물었다.

"아저씨, 혹시 경찰은 아니죠?"

"아니야, 난 법원에서 나온 소년사건 조사관이야"

"저한테 뭘 조사하려고요?"

"아, 뭘 조사하는 게 아니고 피해자 가족으로서 어떻게 지내고 있는지, 현재 심정은 어떤지 들어보고 그걸 사건 담당 판사님께 전달하는 역할을 하는 거야. 그러니 혹시라도 긴장하고 있다면 그럴 필요 없어."

"네, 뭔가 경찰처럼 보이지는 않았어요. 그냥 편의점 사장님이나 동네 아저씨처럼 보였어요."

조사관이 싫지 않은 표정으로 덥수룩한 머리를 쓰다듬으며 말했다.

"동네 아저씨? 정확한 말이네. 나도 우리 동네 가면 동네 아저씨니까."

"기분 나쁘셨다면 죄송해요. 저는 그냥 무섭지 않고 친근하게 보여서 말씀드린 거였어요."

"그래, 고맙다. 날 친근하게 봐줘서."

"저…… 조사관님."

"그냥 편하게 아저씨라고 불러도 돼."

"아, 아니에요. 일 때문에 오신 건데 조사관님이라고 불러야죠. 근데 뭐 좀 여쭤봐도 돼요?"

"그래, 궁금한 거 있으면 물어봐."

"이제 하루는 어떻게 되는 건가요? 소년원 같은 데 안 가나요?"

"소년원에는 안 갈 거 같아."

"사람을 죽였는데요?"

"이번 사건은 고의로 사람을 죽인 게 아니라 과실로 사망하게 한 거라서 처벌 수위가 원래 낮아. 게다가 이미 합의했기 때문에 성인이었더라도 감옥에는 가지 않지. 그런데 가장 중요한 건 하루가 촉법소년이라서 형사처벌 대상에 아예 처음부터 포함되지 않는다는 거야."

"촉법소년이요?"

"만 10세 이상 14세 미만의 사람을 촉법소년이라고 해. 아직 책임능력이 부족해서 형사처벌은 받지 않도록 하는 거고. 대신 보호처분을 받아."

"보호처분은 또 뭐예요?"

"보호처분은 1호 처분부터 10호 처분이 있는데, 1호 처분은 부모한테 위탁하는 거야. 쉽게 말하면 집에서 교육하는 거지. 10호 처분은 장기 소년원 송치야."

"하루는 어떤 보호처분을 받을까요?"

"글쎄, 내가 판사가 아니라서 확답은 못 하겠지만 1호 처분을 기본으로 다른 처분, 이를테면 수강명령이나 보호관찰 처분을 같이 받을 수도 있을 거 같아."

"방금 1호 처분은 그냥 집에 돌아가는 거라고 하지 않으셨나요?"

"그런 셈이지."

"뭔가 잘못된 거 아닌가요? 이런 사고를 내고도 집에 그냥 돌아가다니요."

"그렇게 생각할 수도 있는데, 아직 어려서 성인보다는 개선의 여지가 많다고 보는 거지. 그리고 과실인 사건이라서……."

"하루는 초등학교 때부터 나쁜 애였어요. 이유 없이 사람을 놀리고 괴롭히는 게 취미인 애였다고요. 그런 아이가 이렇게 큰 사고를 치고도 벌을 받지 않는다는 건 이해할 수가 없어요."

"그래, 네 마음 십분 이해한다."

"하루를 엄하게 처벌할 방법은 정말 없는 건가요? 하루를 꼭 집으로 돌려보내야 하나요? 걔가 그냥 집으로 돌아가면 같은 동네에 살고, 같은 학교에 다니는 저는 걔 얼굴을 매일 봐야 해요. 최소한 제 주변에서 걔 얼굴을 보지 않게 해줄 수는 없나요? 마주칠 때마다 무섭고 괴로울 거 같아요. 제발 부탁드려요, 조사관님."

"우리 예린이 말대로 해주고 싶은데 내가 그런 걸 결정할 수 있는 사람이 아니라서……. 정말 미안해. 대신 예린이의 생각과 감정을 판사님께 정확히 전달해줄게."

D-350

이른 아침, 모니터를 응시하던 예린의 할아버지는 떨리는 손을 마우스에서 떼고 몸을 의자에 깊숙이 기댔다.

다른 방법이 없었다. 가해자 부모의 제안을 받아들이는 게 현재로서는 최선이었다. 한숨을 쉬며 지난 몇 주간의 기억을 떠올렸다.

아들 부부의 장례를 치르고 변호사 사무실을 이곳저곳 옮기며 상담을 받았지만, 모두 비슷한 답변을 내놓을 뿐이었다. 별 소용이 없는 걸 알면서도 혹시나 참고할 만한 사건이 있을까 해서 인터넷 기사를 검색해보았다. 하지만 문제점만 드러낸 채 흐지부지 마무리된 사건 소식을 전하는 쓸모없는 기사가 대부분이었다.

형사로는 어차피 처벌하지 못하니 민사로 손해배상을 많이 받는 게 현명한 선택이었다. 소송도 필요 없었다. 위자료를 포

함해 피해자가 소송으로 받게 될 돈보다 더 많은 돈을 가해자가 이미 합의금으로 지급하겠다고 하니 수락만 하면 되었다. 대신 마음에도 없는 합의서를 써주는 게 조건이었다.

마음을 정리한 수찬은 휴대폰을 손에 들었다.

합의금을 이미 마련해뒀다는 가해자 아버지의 말은 거짓이 아니었다. 통화를 하자마자 지금 바로 만나자며 약속 장소를 잡았다.

"합의서입니다. 검토해보시고 유가족 대표 자격으로 날인하시면 됩니다."

선민의 말에 수찬은 안경을 벗고 합의서를 눈앞 가까이 가져와 읽었다. 그간 여러 차례 통화하면서 전해 들은 내용이 문자로 변환되어 있었다. 하지만 두 가지 내용이 빠져 있었다.

"전학과 이사 간다는 내용이 빠져 있군요. 어떻게 된 거죠?"

수찬이 다시 안경을 쓰고 선민을 지그시 바라보았다.

"아, 그 부분은 와이프가 강력하게 반대해서……."

"그러면 합의가 어렵겠습니다. 손녀를 위한 사항이라서요. 우리 손녀와 가해 학생의 관계는 잘 알고 계시죠?"

"알고는 있습니다만…… 제가 변호사로서 이런 합의서를 많이 접하는데 전학이나 이사를 조건으로 하는 합의서는 별로 본 적이 없어요. 그런 조건은 거주 이전의 자유 침해나 학습권 침해와 같은 헌법적 권리 문제와 연관되어 있어 수긍하기 어렵습니다. 정중하게 재고 부탁드립니다. 대신 저희가 기존에 말씀드린 위자료에 일억 원을 더 드리겠습니다."

선민이 수찬에게 깊숙이 머리 숙였다. 수찬이 차가운 목소리로 말했다.

"이럴 줄 알았으면 이 자리에 안 나왔을 겁니다."

"간곡하게 선처를 부탁드립니다."

"난 거주 이전 자유나 학습권 침해, 헌법적 권리 같은 거창한 말은 관심이 없습니다. 자식 잃은 자로서 손녀에게 심리적으로 좀 더 나은 환경을 만들어주고 싶은 것뿐입니다. 그리고 좀 전에 전학과 이사를 조건으로 내건 합의서는 별로 본 적이 없다고 하셨죠?"

"네, 그렇습니다만."

"'별로' 본 적이 없다는 건 있기는 있다는 거 아닌가요?"

"……."

"합의라는 게 서로 필요한 것을 주고받는 것이지 내 인생에 별 상관도 없는 헌법적 권리 따위에 얽매여서 내키지도 않는 합의를 하고 싶지는 않습니다. 먼저 일어나겠습니다."

수찬이 자리에서 일어나자 선민도 다급하게 자리에서 일어났다.

"아, 알겠습니다. 전학과 이사도 합의서에 넣을 테니 앉으시죠."

선민이 합의서에 추가로 문구를 기재했다.

"여보, 이게 뭐야! 전학하고 이사 문제는 뺀다고 하지 않았어?"

선민의 아내가 합의서를 선민에게 들이밀며 묻자 선민이 대답했다.

"그 노인네가 그 조건 없으면 합의를 안 하겠다고 해서 어쩔 수 없이 적었어."

"어휴, 그럼 우리 이사 가고 하루는 전학 가야 해? 교통사고 때문에 전학 간다는 소리를 살면서 들어본 적이 없는데, 하필 그런 완고한 노인네한테 걸려서……."

"걱정할 필요 없어."

선민이 살며시 미소 지으며 아내를 바라봤다.

"당신은 뭐가 그렇게 여유만만해, 우리 손해가 이만저만이 아닌데. 난 지금 속이 타들어가서 죽겠단 말이야."

"전학이나 이사는 안 가면 그만이야."

"이렇게 합의서에 적어놓고 무슨 말이야?"

"우리가 이사 안 가고, 전학 신청 안 하면 그쪽이 어떻게 할 건데? 강제로 끌어낼 수도 없잖아."

"그런가? 만약 그쪽에서 합의 사항 지키라고 소송이라도 하면 어쩌려고?"

"나 변호사인 거 잊었어? 소송하라고 해. 소장이 날아와도 소송을 질질 끌면 그만이야. 몇 년 지연시키다 보면 하루는 금세 고등학생이 되어 있을 텐데, 뭐. 어차피 목표했던 대로 자사고 가면 되잖아."

"아, 그렇게 하면 되겠네."

"이제 사건에서 가장 중요한 게 마무리되었으니, 오늘은 마음 편하게 한잔하자고. 아, 하루 방에 있나?"

거실로 나온 하루는 선민과 식탁을 앞에 두고 마주 앉았다.

"앞으로 남은 일은 네가 법원에서 보호처분을 받는 거야. 이번 사건 같은 경우는 보호처분이라고 해봤자 보호자 위탁하고 보호관찰 정도로 끝날 거니까 네가 실질적으로 손해 볼 만한 건 없어."

"고마워요, 아빠."

"똑바로 들어라. 너 다시 한번 아빠 차에 손 대면 손모가지, 발모가지를 부러뜨려서 어디 돌아다니지도 못하게 만들어버릴 거야."

"아니, 애한테 할 말이 있고 못 할 말이 있지. 무슨 말을 그렇게 심하게 해. 하루야, 방에 들어가서 공부해."

하루가 쭈뼛쭈뼛하며 자기 방으로 들어갔다. 선민은 닫힌 방문을 바라보며 큰 소리로 말했다.

"오늘 너 때문에 돈 엄청 썼으니까 앞으로 공부 열심히 해서 다 갚아야 한다!"

그날

"제대로 할 수 있어? 어디 처박을까 봐 무서운데."

"등신아, 날 뭘로 보고 그딴 소리를 하는 거야? 왼발은 브레이크, 오른발은 액셀. 운전은 이 두 가지만 알면 돼. 이게 뭐 어렵다고."

하루는 민식을 바라보며 잔망스럽게 양발로 페달을 밟고 떼기를 반복했다.

"내가 알기로는 운전은 오른발로만 하는 건데."

"와, 이 새끼 오늘따라 멍청한 소리만 하고 있네. 왜 운전을 한 발로 하니, 페달이 두 갠데."

"그런가……."

"걱정하지 마. 도로로 나가는 것도 아니고 여기 지하 주차장만 몇 바퀴 도는 거니까 아무 일 없을 거야. 옆 반 지영이도 몰래 운전해봤는데 졸라 쉬웠대. 자, 출발한다!"

끼기긱 하고 바닥에서 올라오는 기분 나쁜 마찰음과 함께 차가 출발했다.

"잘 나간다. 이거 봐, 운전 별거 아니잖아. 그냥 놀이공원에서 몰아본 차보다 덩치 큰 차라고 생각하면 돼."

"너 운전에 소질 있나 보다. 난 못 할 거 같아."

"진짜 등신 새끼네."

조수석에 앉은 민식이 고개를 돌려 차창 밖으로 스쳐 지나가는 사람들을 바라봤다.

"저기 예린이 엄마, 아빠 있네."

"예린이?"

"응, 이 시간에 주차장에 웬일이지? 마트에 갔다 왔나."

"신경 쓰지 마, 졸라 재수 없는 인간들이니까."

"너 초딩 때 놀이터에서 예린이 엄마한테 혼난 거 때문에 그러는구나?"

"이 새끼가."

"그때 엄청 혼나서 눈물 질질 짜던 모습이 눈에 선하다."

"아니라고!"

티격태격하면서 주차장을 크게 한 바퀴 돈 하루의 눈앞에 예린의 엄마, 아빠의 뒷모습이 들어왔다. 하루가 민식에게 물었다.

"쇼핑백 들고 있는 저 사람들 말하는 거지?"

"응, 얼굴 보니까 맞는 거 같아."

"그럼 한번 놀려줘야겠다."

"어떻게?"

"바로 뒤에서 급정거하고 경적 누르려고 아마 되게 놀랄걸."

"그런 다음에는?"

"신나게 도망가야지."

"위험하지 않을까? 너 급브레이크 잘 밟을 수 있어?"

"걱정 안 해도 돼. 만약에 브레이크를 제때 못 밟아서 저 인간들 치더라도 상관없어."

"왜?"

"우리 아직 촉법소년이잖아. 아빠가 그랬어, 촉법소년은 형사처벌 받지 않는다고."

말을 마치자마자 하루는 오른발로 페달을 깊숙이 밟았다.

페달을 밟은 상태를 유지하자 굉음과 함께 킥다운이 걸린 차가 엄청난 속도로 가속했다.

"어어, 브레이크 밟아!"

조수석에 앉은 민식의 말이 끝나기도 전에 차는 앞서가는 두 사람을 들이받았다.

"빨리 경찰이나 119에 신고해야 해. 많이 다친 거 같아."

"야, 이민식! 나랑 약속 하나 해."

"뭔데, 빨리 말해."

"오늘 사고, 장난치다가 났다고 말하면 절대 안 된다. 그냥 실수로 일어난 일이라고 해야 해, 알았지?"

"왜? 촉법소년인가 뭔가 때문에 처벌 안 받는다며."

"그래도 일부러 놀라게 하려고 하다가 사고 냈다고 하면 많이 혼날 거 같아. 그러니까 그런 이야기 아무한테도 하지 마."

"알았으니까 일단 어서 신고부터 해."

"신고는 네가 해. 난 이걸 먼저 빼야 해서."

"뭔데?"

"블랙박스 메모리카드. 지금 우리 대화 다 녹음되었을 거 아니야."

OK목장의
혈투

소향

'6시.'

단톡방에 올라온 공지는 딸랑 두 글자였다. 이번 학기에 새로 발령 난 부흥초등학교는 교장 이하 보안관님까지 모두 참여한 전 교직원 단톡방이 있는데, 교장은 무언가 강조하고 싶을 때마다 이미 다들 아는 내용을 또다시 단톡방에 올렸다.

공지는 다섯 글자를 넘기는 경우가 드물었다. 처음에는 무슨 말인가 싶어 옆 반 선생님에게 해독을 부탁하고는 했다. 그러나 암호 같은 글자 안에 숨겨진 구구절절한 의미를 알아채는 데는 오랜 시간이 걸리지 않았다. 예를 들어 조금 전 올라온 '6시'라는 메시지 뒤에 숨겨진 뜻은 다음과 같다.

'자, 선생님들! 정신없는 삼월이 지났지만 사월도 여전히 바쁘시죠? 그런데 어쩌나요. 아마 계절의 여왕 오월에도 크게 달라지지 않을 것입니다. 우리 학교는 일할 사람이 몇 명 없는 작은 학교니까요. 그러니까 괜히 번거롭게 집에 갔다 다시 나오지 마시고요. 학교에 남아서 밀린 공문 처리하고, 수업 준비도 하고, 힘내서 일 좀 더 팍팍 하다가 여섯시까지 OK목장으로 오면 저녁 먹기 딱 알맞겠죠? 맞아요, 언제나 그렇듯 오늘도 회식은 OK목장입니다! 불만이라고요? 그럼 네가 교장 하든가요. 껄껄.'

젠장. 사람 인생이 순식간에 바뀔 수 있다는 걸 아는가? 바로 내가 산증인이다.

불과 몇 달 전까지 나는 오십 학급이 넘는 신도시 초등학교에서 근무했다. 본가에서 자차로 삼십 분이 채 걸리지 않는 곳이었다. 그곳에서는 조용히 그림자처럼 숨어 지낼 수 있었다. 얼굴조차 모르는 선생님도 많았다. 더구나 귀하디귀한 남자 신규 교사였기에 무슨 짓을 해도 학부모들에게 젊은 선생님은 다르다는 찬사를 받아가며 사 년을 보냈다. 그러니까 운명의 장난처럼 이곳 부흥면으로 유배 오기 전까지 직딩으로서의 내 삶은 꽤 괜찮았다.

그러나 올 삼월 일일 자로 북한과 그리 멀지 않은 동네의 전교 십 학급짜리 초등학교에 발령받은 후 내 인생은 손바닥 뒤

116

집듯이 바뀌었다. 오늘만 해도 진작 하루치 에너지를 다 써버렸다. 회식이고 뭐고 당장 관사에 가서 눕고 싶은 마음뿐이었다. 이 학교로 온 뒤에 건장한 서른 살 청년인 내게 매일 이런 증세가 이어지고 있었다. 언제 이 시골구석을 벗어날 수 있을까. 하루하루가 죽을 맛이다.

내가 맡은 6학년 1반은 학생 수가 고작 열세 명인데 난이도는 저번 학급의 세 배가 넘는 기분이다. 쏟아지는 업무도 업무지만 주요한 원인은 일당백의 몫을 하는 이솔 녀석이다. 늑대소년 같은 녀석을 사람으로 만드는 과정은 극한의 인내력을 요구할 때가 많다. 이솔은 나 같은 연차 낮은 교사가 감당할 수 있는 '고갱님'이 아닌 것이다.

유난히 덩치가 크다 했더니 이솔은 본래 중학교에 가 있어야 할 몸이었다. 그런데 작년에 하도 결석이 잦아 해당 학년 교육과정을 미수료 하여 상급 학년으로 진학하지 못하고 유급했다. 한마디로 일 년 꿇은 건데 교무부장에게 그 이야기를 듣는 순간 잘 벼려진 운명의 칼날에 옆구리가 쓱 베이는 기분이 들었다. 초등학교를 꿇다니, 전설처럼 내려오는 사례를 실제로 영접할 줄이야. 만나지 않아도 될 녀석을 만났으니 이런 악연이 또 있을까.

이솔은 첫 만남부터 범상치 않았다. 개학 날, 교실에 들어선 나는 눈을 의심했다. 웬 덩치 큰 남자애가 괴성을 지르며 책상을 발로 뻥뻥 차고 있었다. 마치 포효하는 킹콩 같았다. 그러나 그건 전초전에 불과했다. 녀석은 교구함에 있는 가위를 집어 칠판에 붙여놓은 게시물을 싹둑싹둑 자르고는 교실에 하나밖에 없는 화분의 이파리와 가지까지 죄다 난도질하기 시작했다. 이파리가 하나씩 바닥에 떨어질 때마다 내 머리카락이 잘리는 것만 같아 솜털이 곤두섰다.

녀석의 만행도 놀라웠지만, 경악한 이유는 따로 있었다. 나는 너무나 생경한 장면을 목도했다. 교실에서 그 난리가 났는데 반 아이들은 복도에 옹기종기 모여 저희끼리 천진하게 놀고 있었다. 문을 경계로 복도와 교실은 전혀 다른 차원의 세계였다. 현실과 비현실의 극명한 대조였고, 격렬하게 춤추는 무당이 등장하는 오컬트 영화처럼 기괴했다. 워낙 자주 일어나는 일이라 아이들이 무덤덤해져서 그랬다는 걸 나중에 듣고는 다시 한번 놀랄 수밖에 없었다.

뭘 어떻게 해야 할지 몰라 그대로 얼어 있는데 잠시 후 어디선가 190센티미터에 육박하는 건장한 남자가 바람처럼 달려오더니 녀석을 뒤에서 꽉 안았다. 믿음직한 그 사나이는 차후에 친해진 부흥면 토박이 스포츠 강사 손무혁 선생님이었다. 하나 무혁 쌤 같은 장정도 쩔쩔맬 정도로 이솔의 발광은 대단했다. 눈이 뒤집혔다는 표현은 이럴 때 쓰는 말이라는 걸 그때 실감했다. 티 내지 않으려 애썼지만, 가늘게 떨리는 손이 멈추지 않았다. 곧이어 교감과 교장까지 달려와 익숙한 솜씨로 이솔을 달래기 시작했다. 세 사람이 한 시간여를 씨름하니 이솔 눈에서 독기가 서서히 빠져나갔다. 마침내 이솔이 진정하자 아이들이 우르르 교실로 들어왔다. 나는 한 여자애를 붙잡고 괜찮냐고 물었다. 여자애가 생글거리며 대답했다.

"솔이 오빠 화났을 때만 빼면 착해요."

알겠는데, 저리 과하게 화를 낸다는 것 자체가 일단 문제 아닌가? 왜 그걸 빼고 인성을 논하지? 개학 전에 미리 언질을 받기는 했으나 첫날부터 이렇게 강한 인상을 받을 줄은 몰랐다. 방과 후 이솔에게 물었다.

"아까는 도대체 왜 그런 거니?"

이솔의 눈에 다시금 분노가 반짝 어렸다가 사라졌다.

"박민성이 여기 왜 또 왔냐고, 서울로 도로 가라잖아요. 이 동네가 지 건가."

한마디 툭 내뱉고 이솔은 교실을 나가버렸다. 가라고 한 적도 없는데.

이솔의 작년 담임이 다른 학교로 떠나는 바람에 특이 사항에 대해서는 교무부장에게 전달받았다. 이솔의 부모는 이솔이 아기일 때 헤어졌다고 한다. 아빠는 본 적도 없고 엄마는 아이를 서울로 한두 달 데려갔다가 다시 부흥면의 외할머니에게 보내기를 수없이 반복했다. 애가 탁구공처럼 두 지역을 왔다 갔다 했으니 안정될 리가 없었다. 이솔은 어린 나이에 세상에 홀로 던져진 것이다. 예전의 나처럼.

무슨 까닭인지 몰라도 이솔은 엄마에게 가기를 거부하며 외할머니와 지내고 싶어 한다고 했다.

"소설 『삼체』에 나오는 항세기와 난세기에 빗대자면 솔이에게 항세기는 부흥면에서 지내는 시기인 거죠."

교무부장은 엄청난 비유를 발견한 것처럼 뿌듯한 표정을 지었다. 없느니만 못한 엄마가 이 세상에 또 한 명 존재한다는 사실에 씁쓸해졌다. 하긴 생부보다는 조금 나은 건가.

교무부장은 젊은 선생님과는 통하는 게 있지 않겠냐고, 내게 기대가 크다면서 한 가지 더 알려주었다. 이솔에게는 금기어가 몇 가지 있는데 그중 하나가 너 '이 동네 왜 또 왔어?'라고 했다. 그 말을 들으면 화를 참지 못하고 아까처럼 뭐든 다 때려 부순다고 했다.

"알고 보면 착한 애예요."

교장선생님 조인트를 까고 귀싸대기까지 올린 적이 있기는 하지만 그것만 조심하면 괜찮을 거라면서 교무부장은 위로의 말과 함께 이솔 고갱님 브리핑을 마무리했다. 그날 나는 금기어를 잊지 않기 위해 몇 번이나 속으로 곱씹었다.

다섯시가 다 되어갈 무렵, 한창 밀린 공문을 처리하는 중이었다. 지금 하는 것만 끝내고 회식 장소로 출발하면 되겠지 하는데 전화가 울렸다. 받기도 전에 불길한 전화라는 촉이 왔다. 역시나 지구대에서 걸려온 전화였다. 이솔이 절도를 하다 걸렸으니 와달라는 요청이었다.

지구대는 학교에서 도보 십 분 정도 떨어져 있었다. 약간 숨이 찰 정도로 발걸음을 재촉해 지구대에 막 들어서려는 순간이었다. 문이 벌컥 열리더니 이솔이 고 회장과 함께 나왔다. 고 회장은 오늘 회식 장소인 OK목장 사장으로 부흥면 어디에나 존재하는 홍길동 같은 사람이었다. 고 회장은 항상 말쑥한 정장에 넥타이를 하고 다녔다. 식당이든, 당구장이든, 호프집이든 늘 정장만 입고 있어 잘 때도 정장을 입고 있는 게 아닌가 싶을 정도였다. 읍내에서는 보기 드문 차림이라 볼 때마다 콜라주로 오려 붙인 미술 작품 속 인물처럼 도드라졌다.

"아이고, 김 선생님 오셨습니까?"

"네, 근데 어떻게 회장님이 솔이를?"

"내가 잘 얘기해서 데리고 나왔지요. 다 끝났으니 걱정 마세요.”

이마에 빠직 금이 가는 것 같았다. 미우나 고우나 솔이 담임은 나다. 그런데 동네 아저씨가 뭐라고 나서는 걸까? 내가 한마디 하려고 입을 열기도 전에 고 회장이 먼저 치고 들어왔다.

“소장이 친한 동생이잖습니까. 마침 볼일이 있어서 왔다가 선생님 바쁘신데 이런 일까지 신경 쓰게 하면 되겠나 싶어서요. 대단한 일도 아니고 어린애가 호기심에 물건 좀 탐낼 수도 있는 거 아닙니까. 애들이 다 그러면서 크는 거지, 안 그렇습니까? 고맙다는 인사는 필요 없습니다. 부흥면 아이들은 다 제 자식이나 마찬가지거든요오. 아, 왜 그런 말도 있잖습니까. 한 아이를 키우는 데는 온 마을이 필요하다.”

고 회장이 호탕하게 웃었다. 나는 이솔에게 인상을 쓰며 무얼 훔쳤냐고 물었다. 눈치 없이 회장이 또 끼어들었다.

“신경 쓰지 마시라니까요. 오늘 학교 회식 아닙니까? 이따 가게에서 뵙죠. 이솔, 인마! 너 도둑질하고 그러면 안 돼. 돈 필요하면 회장님한테 말하라고 했잖아. 그냥 주는 거 아니고 빌려주는 거니까 공부 열심히 하고 어른 돼서 돈 벌면 그때 갚아, 알았지?”

이솔은 삐딱한 자세로 고개를 살짝 기울이며 알았다고 중얼거렸다. 고 회장은 이솔의 머리를 거칠게 헝클더니 어깨를 정겹게 몇 번 주무르며 사람 좋은 웃음을 지어 보이고는 자리를 떴다. 고 회장이 사라질 때쯤 이솔에게 재차 물었다.

"뭐 훔쳤어?"

"담배요. 근데 들켜서 못 훔쳤어요."

"OK편의점에서?"

"네."

"너 혼자?"

이솔은 대답하지 않았다.

"너 담배도 피우냐?"

녀석은 불만이 가득한 눈으로 쏘아보며 말했다.

"무슨 상관이에요. 쌤이 사줄 거 아니면 신경 꺼요. 나 어차피 촉법소년이라 도둑질해도 빵 안 가거든요?"

울컥 화가 치밀어 올랐다. 그렇게 알려줘도 개선의 여지가 보이지 않는 말버릇이었다. 그때 녀석의 뒷목에 벌건 무늬가 보였다. 자세히 보니 생긴 지 얼마 안 된 듯한 손자국이었다. 분명 누군가 목덜미를 세게 비튼 것이 틀림없었다. 저 정도면 꽤 아팠을 게 틀림없었다. 경찰일까? 편의점 주인? 아니면 설마 고 회장이? 누구 짓이냐고 물으려는데 녀석은 인사도 없이 벌써 저만치 달려갔다. 그러다 갑자기 우뚝 멈추더니 쭈뼛거리며 도로 내게 다가오는 것이 아닌가. 그러고는 주머니에서

초콜릿을 하나 꺼내 건네며 '드세요'도 아니고 '먹어요'라는 말을 남기고 다시 달려갔다. 이솔의 등에 대고 소리쳤다.

"이솔! 너 설마 이거 훔친 거냐?"

"하나는 할머니 줄 거예요!"

아, 형언할 수 없이 찝찝하다. 시계를 보니 학교로 돌아가기에는 애매한 시간이었다. 그냥 일찌감치 회식 장소로 가기로 했다.

정해진 시간보다 이르게 OK목장에 간 까닭은 당연히 교장, 교감과 멀리 앉기 위해서다. 예약석을 안내받은 뒤 계산력을 총동원해서 최적의 자리에 앉아 가게를 휘 둘러보았다. 저녁 먹기에는 이른 시간인데 벌써 손님이 반 넘게 들어차 있었다.

OK목장은 부흥면에서 가장 규모가 큰 정육 식당이다. 맛도 좋고 저렴한 데다 리조트 방문객들이 인터넷에 맛집이라고 후기를 많이 올려서 외지 손님까지 늘 바글거렸다.

부흥면에는 'OK'라는 상호를 쓰는 가게가 많다. 처음 왔을 때 그게 너무 이상했는데 알고 보니 이유가 있었다. 부흥면 토박이 무혁 쌤에 의하면 양복쟁이 고 회장은 지역 유지로 OK목장은 물론, 대형 모텔과 주유소 등 여러 사업체를 가진 사람이었다. 그런데 자기 건물 세입자가 OK라는 상호를 쓰면 임대

료를 깎아주고 있단다. 부흥면 주민들에게 긍정적인 마인드를 심어주고 글로벌 시대에 외국인 손님을 유치하기 위함이라나? 그래서 OK마트, OK반점, OK치킨, OK약국에 이어 OK목장까지 있는 것이다.

이야기를 듣고 나니 어쩐지 동물의 영역 표시 본능이 떠올랐다. 아마 아는 영어가 그것밖에 없어서 그럴지도 모른다면서 무혁 쌤은 이런 말도 덧붙였다.

"고 회장은 부흥면에서는 전설적인 사람이에요. 중학교만 겨우 마친 사람이 이만큼 성공하기까지 안 해본 일이 없다고 하더라고요. 고 회장한테는 누구도 함부로 못 해요. 사실상 부흥면을 움직이는 실세 중 실세라니까요? 고 회장이 지역 유지들을 모아 은밀하게 정기 모임을 하는데 다들 끼고 싶어 안달이래요. 시장도 접선했지만, 오 년마다 바뀌는 사람이라 안 끼워줬다는 말이 있어요. 이 동네에서는 고 회장 통하면 안 되는 일이 없어요. 한번은 이런 일도 있었어요. 전에 읍내 학교가 증축을 해야 했거든요. 그런데 학교 주변 이백 미터 이내에는 유흥업소 있으면 안 된다는 법이 생겼잖아요. 이 동네가 어떤 동네인가요. 스키장, 리조트로 먹고사는 동네잖아요. 읍내에 술집, 모텔, 단란 주점이 즐비한데 그걸 다 옮길 수는 없잖아요. 그래서 고 회장이 어떻게 한 줄 아세요? 읍내에서 한참 떨어진 다른 초등학교를 증축했어요. 애들은 스쿨버스 타고 다니고요. 말로는 아이들에게 더 좋은 환경을 제공하기 위해서라 하고, 주민 설문도 거쳐서 민주적으로 보이지만 다들 알죠. 유흥업소가 아니라 거꾸로 학교를 밀어버렸다는걸요. 고 회장이 상가 번영회 회장이기도 하거든요. 그러니 다들 고 회장에게 꼼짝을 못 하죠. 그런데도 사람들은 고 회장을 좋아해요. 어려운 아이들 도와주고, 기부도 많이 한다고요. 우리 엄마, 아빠는 고 회장이 국회의원 나오면 무조건 뽑을 거래요. 그런데 저는 이상하게 께름칙하단 말이죠. 어쩐지 구린 냄새를 풍긴달까요? 혹시 간첩 아닐까 하는 의심도 들고요. 여기가 북에서 가깝잖아요."

무혁 쌤은 좋은 사람이다. 다만 추리소설을 많이 읽어서인지 뭐든 의심하는 버릇이 있었다. 본인 스스로 음모론자라 냉소하면서도 은근히 뿌듯해하는 걸 보면 콘셉트로 잡은 것 같기도 했다.

맞은편에 서 있는 커다란 유리 진열장에 시선이 머물렀다. 먼지 한 점 없는 멋들어진 진열장 안에는 온갖 트로피와 명패, 감사패, 상장 그리고 고 회장이 누군가와 얼싸안으며 찍은 사진 같은 것들이 잔뜩 늘어서 있었다. 그중 가운데를 차지한 것은 검은 바탕에 자개로 장식된 명패들이었는데 각을 칼같이 잡고 진열되어 있었다. 명패에는 참으로 다양한 직함이 새겨져 있었다. 로터리 회장 고영만, 상가 번영회장 고영만, 민주사회를 위한 시민 모임회장, 바르게 살기 시민 모임회장, 평화통일 추진위원회장 등 정체를 알 수 없는 모임의 직함이 번쩍였다. 그 와중에 맨 위 칸에는 다소 어울리지 않는 것들이 조르르 늘어서 있었다. 회장님께 감사하다는 지역 아이들의 손 편지였다. 독지가로 좋은 일도 많이 한다는 무혁 쌤 말이 맞긴 한 모양이었다.

잠시 후 교장, 교감과 함께 한 무리의 선생님들이 우르르 들어왔다. 무혁 쌤이 반갑게 손을 흔들며 내 옆자리에 앉았다. 나는 기다렸다는 듯 질문을 던졌다.

"쌤, 고 회장은 왜 하필 여기에 진열장을 갖다 놓은 거래요? 보통 저런 건 사무실이나 집에 두지 않나?"

"고 회장 사업체가 여기만 있는 것도 아닌데 왜겠어요? 여기가 맛집이라고 부흥면 사람들은 기본이고 외지 사람까지 엄청 오잖아요. 방송국이나 유튜버도 종종 촬영하러 오니까 나 이 정도 되는 사람이다, 하고 광고하려는 거죠."

수긍의 표시로 고개를 주억거릴 때였다. 많고 많은 자리를 두고 하필 내 맞은편에 보건 쌤이 털썩 자리를 잡는 것이 아닌가. 이 아줌마는 답이 없다. 인생의 즐거움과 활력을 수다에서 찾는 사람이었다. 한강 발원지 태백 검룡소 같은 온갖 소문의 근원으로 모든 촉각을 가십거리를 찾는 데 세웠다.

보건 쌤이 생글생글 웃으며 들뜬 목소리로 뜬금없는 말을 뱉었다.

"성진 쌤, 여자친구 생겼더라?"

이건 또 무슨 오뉴월에 시베리안 허스키 썰매 끌다 일사병으로 쓰러지는 소리인가.

"네? 그게 무슨 말씀이신지……. 저 여자친구 없는데요?"

"으이구, 내숭은. 내가 다 봤어요. 엊그제 양 경장님하고 같이 있던데? 둘 다 눈빛이 아주 이글이글하더만! 연애도 하고 부럽다, 부러워. 쌤은 성격이 쪼금 까칠하고 마른 게 흠이지만 키도 크고 잘생겼잖아. 양 경장님 인물이 너무 달리는 거 아냐? 뭐, 그래도 공무원 부부 괜찮지. 부부 교사보다는 못하지만."

이번엔 양 경장님 차례인가. 부흥면에 온 지 이제 겨우 두 달 남짓인데, 그간 내 가상 여친은 다섯 번도 넘게 바뀌었다. 생활부장 업무 때문에 SPO* 양 경장님을 잠깐 만난 걸 보고 보건이 또 엉뚱한 상상을 한 모양이다. 순간 번잡스럽던 주위가 순식

---

*   School Police Officer, 학교전담경찰관.

간에 조용해지더니 선생님들은 물론 식당 직원까지 나를 향해 호기심 어린 눈초리를 쏘아대는 게 느껴졌다. 대놓고 단체 관람을 할 기세였다. 특히 보건 쌤의 눈에서는 내 장기는 물론 영혼까지 훑을 기세로 엑스레이가 뿜어져 나오고 있었다. 흥분해서도, 화를 내서도 안 된다. 정제된 대답을 해야 하는 순간이었다.

"아닙니다, 업무 때문에 갔다가 잠시 얘기 나눈 것뿐이에요."

"어머, 진짜? 다행이다. 그래, 누가 봐도 성진 쌤이 아깝지. 그런데 왜 만난 거야? 혹시 이솔 또 사고 쳤어요? 하여간 개참 문제야. 하필 이솔 담임이 되어서 쌤이 힘들겠어. 그래도 뭐 누군가는 해야 할 일이지, 안 그래? 그나저나 이번에는 뭔데, 응?"

급격하게 피로가 몰려왔다. 보건 쌤이 계속 떠들어댔지만, 묵묵부답으로 일관했다. 그러자 보건 쌤은 목을 다듬으며 불쾌한 기색을 내비쳤다. 내일이면 또 전교에 소문이 나겠지. 김성진은 선배도 무시하는 싸가지라고.

시골에 젊은 경찰이 없어 문제라는 뉴스를 본 적이 있었다. 그들이 시골 근무를 꺼리는 이유가 무엇일 것 같나? 인프라가 적어서? 놀 데가 없어서? 아니다. 사생활이 없기 때문이다. 내가 연예인도 아닌데 젊은 남교사라는 이유만으로 종일 인간 CCTV에 둘러싸여 살고 있었다. 이 동네에서 언제쯤 벗어날 수 있을까. 제길, 이제 겨우 두 달째인데 억겁의 세월을 보낸 듯하다.

한창 고기를 먹는데 고 회장이 과장된 몸짓으로 술병을 들고 나타났다.

"자, 우리 부흥면의 교육을 위해 애써주시는 부흥초등학교 귀한 선생님들께 제가 한 잔씩 올리겠습니다. 이게 우리 오촌 당숙이 직접 담그신 건데 말이죠. 술이 아니라 약이에요, 약."

무혁 쌤은 고 회장을 흘끗 보더니 내 귀에 들릴 듯 말 듯 속삭였다.

"전 안 마실래요. 저 속에 뭘 탔을 줄 알고요. 쌤도 고기만 드세요."

교장부터 차례대로 술을 돌리고 나서 고 회장이 나에게도 술병을 들이밀었다.

"우리 김 선생님, 몇 달 지내보니 어떠세요? 서울보다 살기 좋죠? 혹시 부흥면이 작년에 살기 좋은 고장 전국 2위에 뽑힌 거 아시나요? 여기가 이름 그대로 나날이 부흥하는 곳이거든요. 공치사는 아니지만, 저도 그렇고 워낙 고장 발전을 위해 애써주시는 분들이 많아서지요오. 자, 한잔 쭈욱 드세요."

"아, 저는 괜찮습니다."

"아니, 왜요?"

"건강 생각해서요."

고 회장은 알았다는 듯 내 어깨를 한번 툭 치며 말했다.

"아, 그 일 때문이시구나. 에이, 지난 건 잊어버리세요."

순간 미끈하고 찌릿한 전기뱀장어가 훑고 지나간 듯 등줄기가 따끔거렸다. 동시에 보건 쌤이 먹잇감을 발견한 하이에나처럼 눈빛을 번쩍였다.

"걱정 마세요. 학부모들에게는 비밀로 할 테니까."

고 회장은 내게 귓속말하더니 씩 웃어 보이고 다른 선생님에게 술을 권했다. 기분이 팍 상했다. 대놓고 내게 뭔가 있다고 말하는 거나 마찬가지 아닌가. 고 회장이 어떻게 사람들을 움직이는지 조금 알 것도 같았다. 그보다 그 일을 어떻게 아는 건지 궁금했다. 그걸 아는 사람은 교장과 무혁 쌤 딱 둘뿐인데.

먼저 무혁 쌤을 보았다. 볼이 불룩해지도록 고기를 욱여넣은 무혁 쌤의 작은 눈은 놀라움으로 두 배나 커져 있었다. 무혁 쌤은 눈으로 '고 회장이 어떻게 알았죠?'라고 말하고 있었다. 그래, 연기에 소질이 없는 무혁 쌤은 아닐 거다. 속마음이 얼굴에 그대로 드러나는 사람이니까.

이번에는 교장선생님 쪽으로 고개를 획 돌렸다. 교장선생님은 당황해서 눈동자를 뒤룩뒤룩 굴리며 못 본 척 딴청을 부렸다. 그럴 줄 알았다. 교장 역시 연기에 소질이 없었다.

작년 2학기 말, 형이 소개해준 여자분과 소개팅을 했다. 형은 대학병원 전공의인데 동료의 동생이라며 약사를 내게 소개해주었다. 별 기대 없이 나간 자리에서 나는 눈이 튀어나올 뻔했다. 약속 장소에는 완벽한 이상형이 앉아 있었기 때문이다. 왜 나 따위와 소개팅을 하나 의문이 들 정도였다. 형이 내 얘기를 안 했나? 하긴 그것까지 얘기할 필요는 없었겠지. 일찌감치 한번 다녀온 분인가 싶었지만, 상관없었다. 다행히 상대도 내가 싫지 않은 눈치였다.

두 번째 데이트에 차를 끌고 나갔다. 독일 B사의 소형 차량으로 임용고시 합격 기념으로 아버지에게 받은 선물이었다. 비록 소박한 월급쟁이지만 명문 외고 졸업생에 있는 집 자식인 데다 데이트할 차도 있다는 걸 어필하고 싶었다. 우린 아주 즐거웠고, 스테이크와 함께 가볍게 와인 한 잔을 곁들였다. 그런데 흥분한 탓에 혈중알코올농도가 짙어졌을까. 와인 한 모금으로 어째서 음주 단속에 걸린 건지는 지금도 의문이다. 무혁 쌤에게 이 이야기를 했을 때 무혁 쌤은 확신에 가득 찬 어조로 손가락을 튕기며 말했다.

"제 생각에는 아무래도 나라에서 기피 지역에 젊은 엘리트

교사를 보내려고 공작을 벌인 것 같네요. 제가 쌤 주량을 봤는데 그 정도로 걸릴 리가 없잖아요. 아니면 설마 그 여자분이 국정원 직원? 쌤이 화장실 갔을 때 몰래 약을 탔을지도? 기관에서 쌤을 교대 시절부터 쭉 지켜보고 있었는지도 모르죠. 저출산 문제가 좀 심각합니까?"

황당무계한 데다 도무지 맥락이라고는 없었지만 어쩐지 위로가 되었다. 하필 그때 본가에서 독립하려고 근처 타지로 발령 신청을 한 뒤였는데 정말 엉뚱하게도 전혀 희망한 적 없는 이곳 부흥면으로 발령이 났다. 태어나서 줄곧 도시에서만 산 내가 집에서 왕복 네 시간 가까이 걸리는 촌구석으로 순간 이동을 한 것이다. 이런 치사한 방식으로 징계하다니. 차라리 자르라고 육성으로 소리치고 싶었다.

어차피 교권도 개판인데 마음 같아서는 당장 때려치우고 싶었다. 무얼 해도 이 깡촌에서 청춘을 보내는 것보다는 나을 터였다. 하지만 사정이 있어 그럴 수가 없었다. 드라마 주인공은 아니지만 유산 문제가 걸려 있기 때문이었다.

할아버지는 상당한 유산을 형과 나에게 증여할 예정이었다. 자세히는 몰라도 내가 교사로 정년까지 벌 수 있는 돈과 비슷할 것이다. 사치만 하지 않으면 평생 일하지 않고도 먹고살 수 있겠지. 물론 아버지가 관리하니까 구경한 적은 없었다. 그런데 할아버지는 단서를 하나 달았다. 직장 생활을 최소 십 년 하지 않으면 전액 사회에 기부하라고 못을 박은 것이다. 할아버지는 돈 좀 있다고 흥청망청하는 건 졸부나 하는 짓이라며 늘 경멸하셨다. 크게 되려면 조직 생활도 해보고 사회에서 구르며 고생해봐야 한다는 이유에서였다.

이것이 전부가 아니었다. 직장 생활을 십 년 한 뒤에 나는 아버지 사업체를 물려받기로 되어 있었다. 아버지는 제법 탄탄한 초등 학습서 출판사를 운영했다. 실무는 본인이 가르칠 테니 학교에서 현장 경험을 쌓고 나서 회사를 물려받으라며 나를 교대에 보냈다. 그 이야기가 나올 때마다 어머니는 우아한 몸짓으로 말없이 자리를 떴다. 형이 아닌 나에게 회사를 주려는 아버지에게 온몸으로 불편한 기색을 비치는 참으로 고상한 시위였다.

하지만 나는 일하고 싶지 않았다. 정말 격렬하게 아무것도 하고 싶지 않았다. 어머니 때문만은 아니다. 어려서부터 지금까지 충분히 열심히 살아왔다. 집에서 인정받으려고 열심히 공부했고, 교대의 인기가 상종가였던 시절 수시 대세인 외고에서 코피 쏟아가며 따로 정시 준비를 했다. 출판사고 뭐고 할아버지 증여분이 비로소 내 명의가 되는 순간, 학교를 그만두고 여행이나 하면서 무위도식할 작정이었다.

안타깝게도 그 시점이 지금이 아닌 게 문제였다. 지금 학교를 그만두면 나는 두 번째로 실패자가 된다. 죽었다가 깨어나도 이 동네에서 몇 년은 더 버텨야 하는 것이다.

보건 쌤과 고 회장의 망발로 기분이 가라앉았는데 과거까지 떠올리니 울화가 치밀어 올라 소주를 연달아 들이켰다.

무혁 쌤이 속삭였다.

"그래요, 정체불명 담금주를 마시느니 차라리 공산품을 마셔요. 뚜껑에 주삿바늘 구멍 없나 확인하시고요."

모처럼 2차까지 가는 바람에 꽤 취하고 말았다. 학교 담벼락과 붙어 있는 빌라형 관사까지는 걸어서 십오 분 정도였다. 무혁 쌤이 관사까지 데려다주겠다고 했지만 사양했다. 술로 오른 열도 식힐 겸 밤바람을 쐬며 천천히 걸었다. 봄밤의 향기가 꽤 괜찮았다.

부흥 읍내는 크지 않았다. 중심가를 벗어나니 금세 인적이 드물어졌다. 희미한 가로등 길을 따라 걷는데 어디선가 둔탁하게 툭탁거리는 소리가 들렸다. 골목 안쪽에서 들려오는 소리였다. 낮이었다면 그냥 지나쳤을 것이다. 그러나 봄밤과 어울리지 않는 어딘가 서늘한 소리가 끈끈하게 나를 잡아끌었다. 낯선 골목 안에 가득 찬 짙은 어둠이 커다랗게 입을 벌린

사자의 아가리 같았다. 두려웠지만 뭔가에 이끌린 듯, 한 발짝씩 천천히 발걸음을 옮겼다. 조금씩 가까워질수록 서너 명쯤 되는 듯한 말소리가 간간이 들려왔다. 중학생이나 고등학생쯤 되는 아이들의 목소리였다.

"야, 이 개새끼야! 너 때문에 꼰대한테 시달렸잖아!"

아이들끼리 싸움이 난 것 같았다. 가서 말려야 할까 싶으면서도 요즘 아이들 무서운 걸 아니 망설여졌다. 더구나 나는 혼자고 꽤 취한 상태니까. 짧은 고민 끝에 그냥 지나치려는데 익숙한 목소리가 들렸다.

"아니야, 형. 나 아무 말 안 했어. 혼자 한 거라고 했다고. 진짜야!"

이솔이었다. 이솔의 목소리가 분명했다. 나도 모르게 골목 안으로 걸음을 재촉했다. 가보니 고등학생쯤 되어 보이는 애가 욕하며 이솔을 발로 차고 있었다. 한패인 듯한 다른 두 아이는 옆에서 지켜보며 낄낄댔다.

"야, 너희 치사하게 어린애 하나 놓고 뭐 하는 거야?"

내가 버럭 소리치자 패거리는 실실 쪼개더니 칵 소리를 내며 침을 뱉었다. 이솔을 차던 애가 주머니에서 담뱃갑을 꺼냈다. 왼쪽 귀에 은색 십자가 귀걸이가 달랑거렸다.

"아, 씨발. 담배 없네. 아저씨, 담배 좀 사다 줄래요? 심부름

값 줄게."

"뭐, 이 자식아?"

"내가 왜 네 자식이야. 싫으면 꺼져."

그 애는 험악한 얼굴로 하나 남은 담배를 입에 물더니 담뱃 갑을 구겨 던지고는 패거리와 함께 자리를 떴다. 나는 배를 잡고 웅크린 이슬에게 황급히 다가갔다.

"솔아, 괜찮아?"

이슬은 천천히 고개를 끄덕였다.

"쟤네 누구니? 아는 애들이야?"

"친한 형들이에요."

"뭐? 근데 왜 때려?"

"놀다가 장난으로 그런 거예요. 평소엔 잘해줘요."

"말이 되는 소리를 해라. 쟤들 어느 학교 누구야? 이름 말해."

"귀찮게 하지 마요. 자꾸 간섭하면 저 학교 안 갈 거예요."

기가 막혀 입이 벌어지는데 이슬이 비척거리며 일어나 걷기 시작했다.

"선생님이 데려다줄게."

"괜찮다고요."

이슬은 내 손을 뿌리치더니 멀찍이 쓰러져 있는 자전거를 타고 가버렸다. 이럴 땐 어떻게 해야 하는 걸까, 판단이 서지 않았다. 나는 한참을 멍하니 섰다가 관사로 발걸음을 옮겼다.

다음 날 이솔은 1교시가 지나도 나타나지 않았다. 전화를 걸어도 받지 않았다. 미인정 지각과 결석을 밥 먹듯 하는 녀석이었으나 어젯밤 일이 떠올라 걱정되었다. 할머니까지 통화가 되지 않아서 수업이 끝나면 집에 찾아가야겠다고 생각하는 참에 교무실에서 전화가 왔다. 교감선생님이었다.

"김 선생님, 얘기 아직 못 들었죠?"

"무슨 얘기요?"

"이솔 지금 경찰서에 있다고 연락 왔어요. 어떤 사람이 어젯밤에 편의점에서 나오다가 이솔한테 각목으로 뒤통수를 맞고 119에 실려 갔답니다."

"네?"

나는 스프링이 튀어 오르듯 벌떡 자리에서 일어났다.

"일명 퍽치기를 한 거죠."

"도대체 왜요?"

"아직 정확한 이유는 모른답니다. 애가 말을 안 한대요. 지갑이나 금품을 털려는 게 아니었을까요?"

급히 전담과 시간표를 바꾸고 교무부장과 함께 경찰서에 갔다. 무혁 쌤이 걱정스러운 얼굴로 내 뒤를 따랐다. 지구대가 아닌 경찰서에 간 건 처음이었다. 이솔은 형사 앞에서 고개를 푹 숙이고 있었다. 내가 이름을 부르자 이솔이 고개를 들었다. 어린애가 이다지도 복잡한 눈빛을 지을 수 있는 걸까. 이솔의 눈에는 두려움도, 분노도, 안도감도, 기대도 고루 섞여 있었다. 형사에게 이솔과 잠시 따로 이야기할 수 있냐고 양해를 구하자 커피 한잔하고 오겠다고 했다.

"선생님, 저 소년원 안 가죠? 저 촉법소년이라 괜찮다고 그랬는데, 맞죠?"

"누가 그런 소리를 했어? 촉법소년이라고 무조건 벌 안 받는 거 아니야."

이솔의 눈이 겁에 질려 커다래졌다.

"그럼 경찰 말이 진짜였어요? 저 소년재판 받고…… 그 뭐더라? 보호처분에 따라 시설로 갈 수도 있다던데, 맞아요? 그럼 어떡해요? 저 할머니랑 떨어지면 안 돼요! 저 없으면 할머니 밥도 잘 안 먹어요."

"그러니까 도대체 왜 그랬어."

이솔은 입을 달싹거렸다. 무언가 말을 할까 말까 망설이는 듯했다. 하지만 끝내 입을 열지 않았다. 소란스러운 경찰서에서 이솔과 나, 둘 사이에만 무겁게 침묵이 내려앉았다.

형사가 자리로 돌아왔다. 나는 답답한 마음에 로비로 나왔다. 그런데 주차장 건너 정문 밖 멀찍한 곳에 아이들 몇 명이 서 있는 게 보였다.

틀림없이 어젯밤 이솔을 때린 일당이었다. 그런데 그 아이들만 있는 게 아니었다. 서장이나 경찰 간부쯤 되어 보이는 사람이 십자가 귀걸이 낀 애와 뭔가 이야기를 나누고 있었다. 경찰은 그 애의 어깨를 톡톡 두드리더니 주머니에서 뭔가를 꺼내 건넸다. 멀어서 확실하지는 않은데 아마 돈인 것 같았다. 불량해 보이는 아이들과 굳이 정문까지 나온 경찰 간부라, 참 기이한 조합이었다.

이유가 뭐든 귀걸이 일당이 여기 괜히 왔을 리가 없다 싶어 서둘러 그쪽으로 가는데 아이들이 나를 보자마자 달아나기 시작했다. 셋 다 어찌나 빠른지 따라잡을 수 없을 것 같았다. 대신에 그 간부에게 다가가 저 아이들을 아느냐고 물었다. 그러자 간부는 내 말을 못 들은 척하며 마침 차에서 내린 한 형사와 대화를 나누기 시작했다. 대답하지 않겠다는 제스처가 분명해 다시 경찰서 안으로 들어가는데 무혁 쌤이 다가왔다.

"어디 다녀오신 거예요? 갑자기 사라져서 찾았어요."

"쌤, 이 동네에 중3이나 고1쯤 되고 세 명이 몰려다니는 애들 혹시 아세요? 좀 불량배 같아요."

무혁 쌤이 고개를 갸웃했다.

"글쎄요, 그런 애들이 한둘도 아니고."

"쌤은 부흥면 일이라면 모르는 게 없잖아요. 잘 생각해봐요."

"에이, 아무리 오래 살았어도 제가 이 동네를 다 알진 못하죠. 게다가 힌트가 너무 적네요."

대수롭지 않은 거라도 말해야겠다 싶어 나는 기억나는 정보를 덧붙였다.

"왼쪽 귀에 십자가 귀걸이를 하고 있었어요. 귀걸이야 얼마든 바꿔 낄 수 있는 거기는 하지만. 그리고 이건 확실한 건 아닌데 여기 경찰서장이나 높은 사람 아들일지도 몰라요."

그때 무혁 쌤의 눈빛이 흔들렸다. 뭔가 떠오른 듯했다.

"왜요, 생각나는 애가 있어요?"

무혁 쌤은 양손을 흔들며 고개를 저었다.

"아뇨, 없어요. 그런 애는 몰라요."

무혁 쌤은 자기가 정말로 연기에 소질이 없다는 걸 알까 모르겠다. 뭔가 있다. 처음으로 무혁 쌤에게 알지 못할 거리감이 느껴졌다.

나는 다시 경찰서 안으로 들어가 이솔에게 재차 물었다.

"어젯밤 그 일, 너 때린 애들이 시킨 거지? 넌 촉법소년이라

걸려도 괜찮다고 하면서?"

이솔이 고개를 떨구었다.

"아니에요."

"혼자 뒤집어쓰지 말고 말해. 선생님은 절대 네가 혼자 자발적으로 그랬을 거라고 생각하지 않아. 말해봐, 맞지?"

이솔은 계속 입을 꽉 다물었다.

"너 혹시 협박받고 있니?"

숨소리가 거칠어지나 싶더니 이솔의 눈에서 눈물이 뚝뚝 흘렀다. 이번엔 형사에게 물었다.

"편의점 CCTV에 이솔 한 명만 찍혔습니까?"

"네, 혼자 들어왔습니다."

"외부 CCTV는 없나요? 그걸 보면 밖에 서 있는 일당이 찍혔을 수도 있지 않을까요?"

"당연히 봤죠. 소년범죄 특성상 단독 범행보다는 공범이 존재할 가능성이 높으니까요. 하지만 다른 아이들은 없었습니다."

"사각지대에서 지켜봤을 수도 있지 않나요?"

형사가 두 손을 책상에 턱 올리더니 살짝 짜증스러운 목소리로 말했다.

"선생님, 계속 수사 중이니 좀 기다려주시죠."

결국 나는 잘 부탁한다는 인사를 남기고 서를 나왔다.

나는 소년범죄의 또 다른 특성을 떠올렸다. 충동적이며 반복적이고 절도와 폭력이 주를 이룬다는 것이다. 어제 이솔을 때린 십자가 귀걸이는 나보고 담배를 사달라고 했다. 이솔에게 맞은 남자는 술과 담배를 사서 나오는 중이었다고 했다. 뭔가 아귀가 맞아떨어지는 느낌이었다. 저 나이 때 아이들에게 또래집단은 그들의 전부다. 더구나 이솔은 온전한 돌봄을 받지 못하는 녀석이다. 어떤 실타래가 얽혀 있을지 알 수 없었다.

더 물어봤자 무슨 사정이 있는지 말하지 않을 테지만, 어제 일당과 이솔 사이에 뭔가 있다는 느낌을 지울 수가 없었다. 분명 뭔가 있다. 그 아이들을 찾아야 했다.

양 경장님과 함께 이솔의 집으로 향했다. 할머니께 사건을 말씀드리고 이솔의 엄마에게도 연락해야 했다.

이솔의 집에 가까워질수록 동네 분위기는 읍내와 사뭇 달라졌다. 나름 번듯하고 잘 정비된 읍내와 달리 인가도 드문드문했고, 오가는 사람도 적었다.

길 끄트머리에 있는 가장 초라한 집이 이솔의 집이라고 했다. 귀신이라도 나올 듯 으스스하고 을씨년스러웠다. 사람 손이 닿은 지 한참 되어 보이는 구옥에서 묵은 가난의 냄새가 풍겼다. 담장은 기울었고, 지붕에는 풀이 자라고 있었다. 폐가나 마찬가지였다. 하마터면 양 경장님에게 이런 곳에서도 사람이 살 수 있냐고 물을 뻔했다.

"계십니까."

끼익 소리가 나는 낡고 녹슨 철문을 밀며 인기척을 냈다. 마루에는 누가 왔는지 커다란 과일 바구니와 고기가 담겼음 직한 아이스 팩이 놓여 있었다. 잠시 후 뜻밖에도 양복을 입은 사내가 방에서 나왔다.

"어머, 회장님!"

양 경장님이 반갑게 인사했다. 고 회장이었다.

"아, 경장님. 김 선생님도 오셨군요."

"회장님이 여기 어쩐 일로……."

"이솔 일도 있고 할머님 병환도 걱정되어서 와봤지요."

고 회장은 나와 양 경장님에게 가까이 다가오더니 안쪽을 흘끗거리며 말했다.

"할머니가 몸도 불편하시고 연로하시니까 이솔 일은 말씀하지 않으시는 게 좋겠습니다."

"할머니도 아셔야 하지 않겠습니까? 여쭤볼 것도 있고요."

"일 커져봤자 이솔이나 할머니한테 좋을 게 없잖습니까. 제가 힘써보겠습니다. 당분간 이솔 할머니 식사도 제가 직원 통해 책임질 거고요. 집이 안정돼야 애도 마음을 잡죠."

말투가 거슬렸지만, 틀린 말은 아니었다. 어쩌면 지금 이솔에게 실질적인 도움을 주는 사람은 내가 아닌 고 회장일지도 모른다. 고 회장이 손으로 방문을 가리키며 말했다.

"오셨으니 일단 안으로 들어가시죠."

방 안에 들어갔더니 몸집이 작고 마른 노인이 빨래 바구니 옆에서 굼뜬 손으로 다리미질하고 있었다. 고 회장이 할머니에게 가까이 다가가 곰살맞은 자식인 양 다정하게 말했다.

"할머니, 이솔 담임선생님이 오셨네요."

할머니는 고개를 들어 나를 보고는 다리미를 내려놓고 어쩐 일로 선생님이 여길 오셨냐며 자리에서 일어나려 하셨다. 나는 황급히 그냥 앉아 계시라고 했다. 할머니는 어쩔 줄 몰라 하며 뭐라도 내오겠다고 하셨지만, 금방 갈 거니 괜찮다고 사양했다.

할머니가 다림질하던 옷을 보았다. 이솔의 면 티셔츠였다. 그냥 탈탈 털어 말리고 입는 이런 옷을 왜 다리는 걸까 궁금해졌다. 더구나 몸도 성치 않아 보이는 분이.

"할머니, 셔츠도 아닌데 면티까지 다리세요?"

할머니 입가에 수줍은 미소가 떠올랐다.

"다른 건 몰라도 우리 이솔 부모 없이 크는 애라 입성이 저

모냥이냐는 소리 안 듣게 하려고요. 노인네 고집이지만, 속옷
도 대려 입혀요. 해줄 수 있는 게 이것뿐이네요."

방 안을 휘둘러보았다. 칠이 벗겨진 벽 거울에 이솔의 아기
때 사진이 빼곡하게 끼워져 있었다. 녀석, 어릴 땐 참 귀여웠구
나. 하긴 지금도 어리지만.

관사로 돌아오는 길에 OK편의점에 들렀다. 내 신분을 밝히
자 편의점 사장은 경찰에게 이미 다 말했다며 귀찮은 표정을
지었다.

"정말 이솔 혼자 왔나요?"

"아, 그렇다니까요."

"전에도 혼자 왔나요?"

"네?"

"설마 이솔이 여기에 어제 처음 온 건 아닐 것 아닙니까. 전
에 다른 애들이랑 같이 온 적 있죠? 나이가 두어 살 더 많은 애
들입니다."

"선생님, 담임선생님이라니 이만큼 말씀드린 거예요. 이미
경찰이 다 조사했다니까요? 영업장에서 이러시면 안 되죠."

"혹시 이솔이랑 평소에 같이 다니는 애가 한쪽 귀에 십자가
귀걸이를 했나요?"

뭔가 더 푸념하려던 사장이 내 말에 갑자기 입을 꽉 다물었

다. 또다. 내가 만난 사람들은 왜 귀걸이 얘기만 꺼내면 다들 말을 하다가 마는 걸까.

"그런 애가 어디 한둘입니까?"

"그럼 하나만 더요. 그 애들 중에 하나가 경찰 자녀인가요?

"이제 그만 나가주시죠."

사장은 편의점 안쪽에 있는 창고로 들어가버렸다.

편의점 밖에 나오자 맥주 생각이 간절해져서 무혁 쌤을 호출했다. 전에 함께 간 적이 있는 치맥 집에 들어가 오백 한 잔을 단숨에 비웠다. 시원한 생맥주가 막힌 속을 뚫어주는 것 같았다. 무혁 쌤이 바로 한 잔을 더 추가하며 말했다.

"쌤, 오늘 많이 힘드셨나봐요."

"힘들다기보다는 뭐랄까, 찝찝하달까……."

"무슨 말이에요?"

"이 동네 사람들, 뭔가 개운하지가 않아요. 내가 외지인이라 그런 것 같은데 뭘 물어도 제대로 알려주는 사람도 없고……. 그런데요. 그중에서 젤 걸리는 건 고 회장이에요. 쌤 말대로 간첩이려나."

실없는 말을 뱉고 나니 쓴웃음이 나왔다.

"그런 고 회장도 꼼짝 못 하는 사람이 한 명 있죠. 고 회장 머리 꼭대기에 있는 사람."

"그런 사람이 있어요? 누군데요? 경찰서장?"

무혁 쌤은 웃기만 할 뿐 누구인지는 말하지 않았다. 내가 조금 아까 답답하다고 한 말을 못 들은 걸까? 맥주를 한 번 더 들이켜고 오늘 있던 일을 이야기했다. 그러고 나서 무혁 쌤에게 물었다.

"솔직히 아무것도 안 하면 편하겠죠. 그런데 자꾸 이솔이가 걸려요. 쌤이라면 어쩌실 거예요? 제가 적당 선에서 그만해야 할까요?"

무혁 쌤이 맥주를 꿀떡꿀떡 마시고 대답했다.

"때로는 일보 후퇴가 일보 전진이라는 말도 있잖아요. 사실 저도 얼마 전에 타협한 적이 있죠."

"어떤 거요?"

"저는 계약직이잖아요. 학교에서 스포츠 강사 새로 구한다고 하면 지원자가 수십 명이에요. 재계약하려고 싫은 사람한테 고개 숙인 적이 있다, 여기까지만 말씀드리죠. 그래도 쌤은 저보다는 여러모로 처지가 나으시잖아요."

빈속에 연달아 몇 잔을 마셔서 그런지 헷갈렸다. 정말인가? 정말 내 처지가 무혁 쌤보다 낫나?

무혁 쌤과 헤어져 관사로 돌아왔다. 침대가 흔들릴 정도로 세게 몸을 던지고 한참을 시체처럼 누워만 있었다. 머릿속이 복잡한 건 물론이고 거품이 부글부글 끓듯 속이 시끄러웠다. 휴대폰을 들고 액정을 눌렀다. 신호음이 몇 번 울리고 목소리가 들렸다.

"이 시간에 웬일이냐?"

"저 학교 그만둘까 봐요."

"왜, 또!"

"교사가 안 맞는 것 같아요."

"성진아, 누가 잘하라니? 평생 하래? 겨우 서른밖에 안된 녀석이 직장 그만두고 놀겠다는 말이냐, 지금?"

"네, 그러고 싶어요. 할아버지 말씀대로 한다고 해도 어쩔 수가 없네요. 저 그냥 알바나 하면서 살래요."

아버지는 심상치 않음을 느꼈는지 태세를 바꿔 나를 살살 달래기 시작했다.

"도대체 무슨 일이길래 그래? 거기가 그렇게 힘드냐? 주말에 와서 같이 얘기해보자. 정 힘들면 휴직을 하든가."

"아뇨, 결심했어요. 저 그만둘 거예요. 그런데요, 기부할 때 일부는 저 아는 애한테 주면 안 돼요?"

"애? 너 숨겨둔 애라도 있냐?"

"그럴 리가요. 우리 반에 이솔이라고 조손 가정 아이가 있는데 그 애한테 주면 좋겠어요."

"뭐? 내가 모르는 애한테 돈을 왜 줘? 네가 아주 배가 불렀
구나. 얌전히 근무하다가 사회 경험 좀 쌓고 사업 물려받으라
는 게 그렇게 힘드냐? 도대체 뭐가 불만이야? 한 번만 더 그딴
소리 해봐라. 당장 사회에 기부할 테니까."

"그러니까 어차피 기부하실 거 이솔한테 하시면 안 되냐고
요."

아버지는 주말에 오기만 해보라고 소리치고는 냅다 전화를
끊었다.

다음 날 출근하자마자 교실 전화가 울렸다. 교장실 호출이
었다. 안 그래도 가려는 참이어서 바로 내려가겠다고 했다. 좀
긴장되어 한 박자 쉬고 노크한 뒤 들어갔다.

"교장선생님, 그렇지 않아도 말씀드릴 게 있습니다."

"내가 먼저 하지, 나도 할 말 있어요."

"아, 무슨 일이시죠?"

"요즘 학부모들 사이에 김 선생 얘기가 도는 거 알아요?"

"무슨 얘기요? 설마……."

"음, 알긴 아나 보군요."

이솔의 담임 역할을 제대로 못 한다는 이야기를 하려는 듯
했다. 나도 안다. 내가 경험도 부족하고 놓치는 게 많다는 걸.

"예, 저도 한다고는 하는데 솔직히 가끔 막막합니다. 뭘 어떻게 해야 할지 모르겠어요. 어제만 해도 정말이지……."

교장이 성마르게 내 말을 잘랐다.

"그러니까 짝수로 만나지 말아요."

"네? 짝수……라뇨?"

"엊그제 3학년 이소연 선생님이랑 둘이 저녁 먹고 카페 갔다면서요? 집까지 데려다주고요. 지금 모르는 사람이 없어요."

"네?"

"둘이 사귀냐고, 선생님들 연애하면 수업에 지장 있는 거 아니냐고 내가 민원을 여러 번 받았어요. 여선생님과 일대일로 둘이, 아니면 남남여여 넷이 짝수로 다니지 말아요. 사람들 입에 오르내리니까 홀수로 만나라고요. 그러면 커플 모임이냐는 소리 안 나올 거 아니에요."

기가 막혔다. 마주 보고 서로 엉뚱한 말을 하고 있던 것이다. 더구나 이게 교장실에서 나올 성격의 말인가?

"지금 그게 문제입니까?"

"민원이 들어오는데 문제죠, 그럼."

"제가 왜 변명해야 하는지 모르겠는데요. 교육청 출장 다녀오다가 같이 저녁 먹은 거고 퇴근 시간 후였습니다. 이소연 쌤과 사귀지 않지만, 그렇다고 한들 사생활까지 간섭받아야 합니까?"

"교사한테 사생활이 어딨어요."

"왜 없습니까? 정말 너무 하시네요. 지금 이솔 일만으로도
정신 하나도 없는데, 도대체 뭐가 중요하죠?"

더는 말을 섞고 싶지 않았다. 허탈한 마음을 안고 인사도 없
이 교장실을 나와버렸다. 몇 걸음 지나지 않아 교직원 단톡방
이 울렸다. 교장이 올린 공지는 지금까지 올라온 것 중 가장 길
었다.

'미혼 교사 짝수 모임 금지.'

교실 컴퓨터를 켜니 메신저 알림이 몇 개 떴다. 그중에는 보
건 쌤과 교장선생님이 보낸 것이 있었다. 보건 쌤이 보낸 메시
지는 호기심 충족용 질문이었다. 어이가 없어 지워버리려다
멈추고 보건 쌤에게 답장을 썼다.

선생님, 한 가지 여쭤보겠습니다. 이솔이랑 친한 형들이 있다
는 데 혹시 그 애들이 누군지 아십니까?

발송 버튼을 누르려다 말고 그냥 지워버렸다. 보건 쌤이 알
고 있을 확률이야 높지만, 알려준다는 핑계로 교실에 와서 한

참 떠들다 갈지도 모른다. 그러다 없는 내용까지 보태서 퍼뜨릴 게 뻔했다. 이번에는 교장선생님이 보낸 메시지를 열었다. 신문 기사 링크였다.

초등생이 행인 퍽치기 '충격'⋯ 촉법소년 범죄 급증

형사 처벌 면제 대상인 10세 이상 14세 미만 청소년 범죄가 지난 5년간 두 배 이상 증가한 것으로 나타났다. 지난 6일 '술과 담배가 필요하다'는 이유로 만 12세 초등학생이 행인을 폭행한 사건이 드러나면서 지역사회에 충격을 주고 있다.

⋯⋯피해자 아내 이 모 씨가 가해 학생에게 사과를 요구하자 "전 촉법이라 형사 처벌 안 받아요ㅋㅋ"라고 답장한 것으로 알려졌다. 경찰은 소년범죄의 특성상 공범이 있을 거라 보고 조사 중이다.

⋯⋯경찰 관계자는 "형사미성년자들이 범죄를 저지를 때 촉법소년 제도를 악용하는 경우가 많다"며 "범죄는 늘고 수법도 치밀해지면서 연령 하한에 대한 목소리와 처벌을 요구하는 목소리도 나오고 있는 상황이다"라고 말했다.

누가 봐도 이솔의 이야기였다. 기사만 보면 이솔은 쓰레기 같은 놈이었다. 나도 예전에 이런 기사를 봤을 땐 저런 싹수가 노란 놈들은 초장에 잡아야 한다고 혀를 차며 욕했다. 하지만 기사 속의 싹수 노란 A군은 알파벳이 아니라 우리 반 이솔이 었다.

이솔에게서 한 번도 담배 냄새를 맡아본 적이 없다. 사건 이면에 숨겨진 것이 있다는 느낌을 지울 수 없었다.

교장선생님은 왜 내게 기사를 보낸 걸까? 원래 이런 놈이니 그만 신경 끄고 학급에만 집중하라는 걸까? 아니면 혹시 귀걸이가 교장과 관련이라도 있는 걸까? 별생각이 다 들었다. 분명한 건 이솔이 벌받을 때는 받더라도 어린 소년을 이런 상황으로 몰아붙인 모두가 함께 책임을 나눠야 한다는 것이었다.

이솔의 가정환경 조사서를 꺼냈다. 학부모들이 적어 보낸 다른 종이와 달리 삐뚤빼뚤한 글씨로 이솔이 직접 적은 것이었다. 가족란에는 한 명만 적혀 있었다. 거기엔 엄마도 아빠도 아닌 '사랑하는 할머니'라고 적혀 있었다.

이솔은 3교시가 되어서야 등교했다. 온 것만도 다행이다 싶어 일단 잘 왔다고 해주었다. 방과 후에 이솔을 남겨 기사를 보여주었다.

"솔아, 너 피해자 아내분에게 정말 이런 문자 보냈니?"

"하, 쌤. 진짜 아니에요. 저 사람 번호도 몰라요."

둘 중 하나다. 거짓말이거나 아니거나. 거짓말이 아니라면 누군가 기자에게 거짓 정보를 제공한 것이다.

"전에도 말했듯이 선생님은 네가 혼자 그랬을 거라 생각하지 않아. 너 가정법원에 송치될 수도 있대. 보호처분 높은 거 받으면 할머니랑도 떨어져 살아야 해. 솔직하게 말해봐, 누가 시켰니?"

이솔은 한참을 손가락만 만지작거리다가 결심이 선 듯 입을 열었다.

"내가 알아서 할게요."

허탈했다. 도와주려는데 자꾸 이런 식으로 나오니 짜증이 나서 버럭 소리를 지르고 말았다.

"이솔! 좀 평범하게 살면 안 되나?"

이솔도 질세라 소리쳤다.

"평범한 게 뭔데요? 그렇게 안 살아봐서 몰라요!"

녀석은 벌떡 일어더니 가방에서 비닐봉지 하나를 꺼내 내게 건넸다. 안에 든 건 꽃 몇 송이가 피고 봉오리가 달린 작은 카네이션 화분이었다.

"이게 뭐냐?"

"전에 내가 교실 화분 망쳤잖아요. 보호센터 들어갈지도 모르니까, 그거 갚아야 할 것 같아서 샀어요. 훔친 거 아니에요. 우리 동네 목사님이 준 비상금으로 샀어요."

목구멍이 뻐근해졌다. 속에서 뭔가 울컥 올라오는 걸 겨우 눌렀다.

아홉 살 이맘때, 어버이날이었다. 학교에서 색종이 카네이션을 만들었다. 선생님은 종이꽃을 엄마, 아빠 가슴에 하나씩 달아주라고 했다. 하지만 나는 아빠가 퇴근하는 저녁까지 기다릴 수가 없었다. 엄마에게 먼저 달아주고 싶었다. 그러면 엄마가 나를 형처럼 사랑해줄 것 같았다.

집에 가자마자 카네이션을 꺼내 엄마에게 내밀었다. 그런데 엄마는 내 손을 찰싹 치며 꽃을 바닥으로 떨어뜨렸다.

"네 진짜 엄마한테나 갖다줘."

그때 이후 한 번도 누군가에게 카네이션을 주거나 받은 적이 없었다. 겨우 아홉 살에 나는 세상에 홀로 던져졌다. 이슬처럼.

교실 밖으로 나가던 이슬은 문가에서 뒤도 돌아보지 않고 한마디를 툭 뱉었다.

"신경 써서 감사요, 쌤."

또다시 속이 울렁거렸다. 나는 배를 문지르며 작은 목소리로 읊조렸다.

"신경 써주셔서 감사합니다, 선생님. 이렇게 말하는 거다, 인마."

다음 날 이슬은 또다시 학교에 오지 않았다. 전화도 꺼진 채였다. 할머니도 통화 연결이 되지 않았다. 또 무슨 일이 생기는 건 아닌지 종일 걱정되었다. 퇴근 후 다시 이슬의 집을 찾아가야겠다고 생각하는데 모니터에 붙여놓은 포스트잇이 눈에 들어왔다. 오늘까지 처리해야 하는 기안문 메모였다. 요즘 정신이 없긴 했지만 이렇게 떡하니 붙여놓고 깜빡하다니, 한숨이 나왔다.

처리해야 할 일을 다 끝내고 나니 창밖은 벌써 어두워지고 있었다. 일단 읍내에 나가 저녁을 먹은 다음 거리를 헤매는 아이들이 주로 갈 만한 곳을 돌아보자 싶었다.

갈비탕 한 그릇을 주문하고 기다리며 생각했다. 남 일에 관심 없던 내가 자꾸만 이슬에게 신경이 쓰이는 이유를 꼬집어 설명할 수 없었다. 이렇게 하는 게 맞는 걸까 싶기도 했다. 하지만 며칠째 계속 속을 울렁이게 하는 이 멀미 증상을 해결해야만 했다.

크지 않은 읍내 거리를 몇 번이고 왔다 갔다 했다. 이슬을 찾는 건지, 그 아이들을 찾는 건지, 울렁거리는 속을 달래려는 건지, 복잡한 머릿속을 비우려는 건지 나 자신도 알지 못했다. 확실한 건 이슬을 지켜보는 어른이 있다는 걸 누구에게라도 보여주고 싶다는 것이었다.

어느새 밤 아홉시가 넘었으나 별다른 소득이 없었다. 이솔의 전화는 여전히 꺼져 있었다. 한 바퀴만 더 돌아보고 관사로 돌아가야겠다고 생각하는 참이었다. 십자가 귀걸이와 함께 있던 애를 본 것 같았다. 아니, 분명히 봤다. 녀석이 골목 안으로 들어가는 모습이 보였다. 놓칠세라 재빨리 뒤를 쫓았다. 좁은 골목으로 꺾어 들어가자마자 골목 안에 서 있는 무리와 딱 마주쳤다. 거기에 십자가 귀걸이가 있었다. 그리고 이솔도 있었다. 나는 그만 울컥해서 소리쳤다.

"이솔! 왜 학교 안 오고 전화는 왜 꺼놨어. 그리고 왜 애들하고 같이 있어!"

"이것 봐, 내 말이 맞지? 아까부터 우리 찾아다닌 거 맞다니까?"

아까 본 녀석이 빈정거렸다. 내가 저희를 찾아다니는 걸 알고 유인한 것이었나. 내 입에서 다소 격앙된 목소리가 터져 나왔다.

"너 맞지, 그날 이솔한테 피해자 때리고 담배 훔쳐 오라고 시킨 게?"

"아저씨가 뭔데?"

"나? 이솔 담임이다."

패거리들이 킬킬대며 비웃었다.

"누가 보면 애비라도 되는 줄."

"너희 짓이잖아. 이솔은 그냥 도구였던 거잖아."

"그래서 뭐 어쩌라고?"

"같이 가자, 경찰서. 이솔이 전부 뒤집어쓰게 생겼어."

그때였다. 눈에 불이 번쩍 나더니 코와 입에서 뜨끈한 게 뭉클 쏟아졌다. 동시에 비릿한 피 냄새가 입안에서 코로 넘어왔다. 피일 수도, 침일 수도, 둘 다일지도 몰랐다. 얼굴 한복판을 별안간 가격당하니 정신이 하나도 없었다.

"쌤!"

이솔이 비명을 지르듯 나를 불렀다. 뭐라고 말할 새도 없이 온몸에 구타가 쏟아졌다. 어려도 셋이 한꺼번에 덤비니 당해낼 도리가 없었다. 내 주먹은 자꾸만 녀석들이 아닌 허공을 쳤다. 귀걸이는 화가 많이 났는지 죽어버리라며 계속 인정사정없이 발길질을 해댔다. 그런데 이솔이 귀걸이 허리를 잡고 늘어졌다. 말리려는 모양이었다. 귀걸이는 이솔을 떨구어내더니 발로 이솔의 복부를 정통으로 찼다. 이솔이 나가떨어지며 쓰러졌다.

"솔아, 괜찮아?"

간신히 휴대폰을 들어 녀석들에게 보였다.

"아까부터 동영상 촬영했어. 너희 얼굴이랑 목소리 다 찍혔다고. 신고할 거야."

녀석들이 주먹질을 멈추었다. 위협이 통했나 했는데 나의 착각이었다. 귀걸이가 씩씩거리며 주머니에서 뭔가를 꺼냈다. 눈앞이 아찔해졌다. 녀석이 양손에 너클을 끼고 있었다. 다른 한 명은 주머니에서 잭나이프를 꺼내 현란하게 흔들어댔다.

"아, 진짜 조용히 살려고 했더니 세상이 협조를 안 하고 성질을 돋우네. 신고? 할 테면 해봐! 오늘 다 죽는 거야, 씨발!"

장난이 아니었다. 맞서다가는 이대로 죽겠구나 싶었다. 진짜로 도망가야 할 순간이었다. 목숨을 부지하려 본능적으로 달리기 시작했다. 큰길로 나온 다음 중심가를 향해 미친 듯이 달렸다. 뒤에서 녀석들이 마구 소리치며 달려왔다.

얼굴이 달아오르는 게 느껴졌다. 뛰어서 그런 것만은 아니었다. 나는 결국 이런 놈인 것이다. 어린애들한테 맞을까 봐 도망치는 꼴이라니.

이솔을 두고 왔다는 죄책감에 자꾸만 다리에 힘이 풀리려 했다. 그러는 동시에 의식적으로 박차를 가하고 있었다. 도망가야 한다는 마음과 돌아가야 한다는 마음이 한데 뒤엉켜 미칠 것 같았다.

그때 멀지 않은 곳에 OK목장이 보였다. 저기로 들어가야 한다고 뇌가 계속 신호를 보냈다. 파출소까지 가면 녀석들에게

160

따라잡힐 터였다.

가게 문을 벌컥 열고 안으로 들어갔다. 늦은 시간이라 그런지 사람이 별로 없었다. 그런데 무슨 이런 뜬금없는 조합이 있을까. 교장선생님, 그때 그 경찰 간부, 고 회장 그리고 편의점 사장이 한 테이블에서 술을 마시고 있었다. 그들은 술잔을 들고 껄껄 웃다가 나를 보고 놀란 표정을 지었다. 나도 그들을 바라보며 숨을 헐떡이는데 화장실에서 누군가 나왔다. 무혁 쌤이었다. 무혁 쌤과 나는 인사조차 하지 못했다. 서로를 바라보며 의미 없이 어어 하는 소리만 낼 뿐이었다. 무혁 쌤이 할 수 없이 고개를 숙였다는 사람이 저 중에 있다는 걸 직감적으로 알았다. 그리고 그들의 정체를 깨달았다. 나에게 무언가를 숨기려는 사람들. 내가 맞설 수 없는 사람들. 그러나 맞서야 하는 사람들.

그때 귀걸이 일당이 요란한 소리를 내며 OK목장 안으로 뛰어 들어왔다. 그들은 다시 한번 화들짝 놀라더니 일제히 나를 돌아보았다. 그리고 그중 한 명이 사태를 파악한 듯 벌떡 일어나 귀걸이에게 황급히 다가갔다. 고 회장이었다.

"아드님이 왜 이렇게 화가 나셨을까? 이제 밖에서는 얌전히 지내기로 했잖아. 화를 내도 집에서 엄마, 아빠한테 내라니까? 그동안 잘해왔잖니. 이번 일은 아빠가 해결할 테니까 그만 화

풀고 집에 가 있어. 이분 부흥초등학교 선생님이셔. 문제가 커
질 수 있어요오."

귀걸이는 고 회장의 아들이었다. 고 회장의 유일한 약점이
자 부흥면 최고 권력자보다 서열이 높은 자. 고 회장 머리 꼭대
기에 있는 자.

"아오, 씨발. 저 새끼가 나 미행하고 협박했다고! 그걸 어떻
게 참아?"

나는 고 회장에게 다가가 소리쳤다.

"당신이 배후지? 당신 아들이 이솔한테 시킨 거잖아. 당신이
그걸 덮었고."

"아니, 선생님. 그게 무슨 소립니까?"

고 회장은 황급히 다가와 내 귀에 속삭였다.

"이쯤 하시죠, 선생님. 그 일 학부모들에게 소문나도 괜찮으
신 거 아니면요. 젊으신 분이 앞으로도 오래 학교에 계셔야죠."

고 회장 말이 끝나기도 전이었다. 귀걸이가 나를 덮치려 했
다. 테이블 사이로 고 회장 아들과 나의 쫓고 쫓기는 추격전이
이어졌다. 테이블이 쓰러지고 의자가 넘어졌다. 사람들이 소
리를 질러댔다. 욕해대며 내 뒤를 쫓는 고 회장 아들의 뒤를 고
회장이 쫓았다. 나는 좌식 테이블이 놓인 넓은 방으로 훌쩍 뛰
어올랐다. 며칠 전 회식을 한 방이었다.

곧 구석에 몰릴 참이었다. 최후의 선택을 해야만 했다. 미친 놈으로부터 나를 보호하려면 어쩔 수 없었다. 보이는 건 고 회장의 진열장뿐이었다. 나는 명패와 상장이 가득한 유리 진열장을 있는 힘껏 쓰러뜨렸다. 명패, 감사패, 상장 따위가 유리 조각과 함께 와장창 나뒹굴며 부서지고 흩어졌다. 그러자 나와 고 회장 아들 사이에 유리 조각이 넘실대는 요단강이 생겼다. 녀석은 그제야 주춤했다.

겨우 숨을 고르는데 믿을 수 없는 일이 일어났다.

"아이고, 내가 이걸 어떻게 모았는데."

고 회장은 양복 무릎이며 소매 그리고 양손에 유리가 잔뜩 박히는 것도 아랑곳하지 않은 채 부서진 온갖 것을 오열하며 쓸어모으고 있었다. 피범벅이 된 손으로 파편을 그러안는 모습에 경악해서 도무지 입을 다물 수가 없었다. 나는 차마 다가가지 못하고 소리쳤다.

"회장님, 그만하세요. 피 나잖아요."

회장이 굵은 눈물을 뚝뚝 흘리며 말했다.

"이건 내 분신이고 세월이야! 그동안 이 한 몸 갈아 넣었다는 증거라고!"

나는 기가 막혀 소리쳤다.

"당신 아들이 괴물이 됐는데 지금 그깟 게 중요해? 이솔 괴롭힌 거 알고 있었지?"

"애들끼리 어울리다 보면 그럴 수도 있지! 내가 걔한테 베푼 게 얼만데. 지금 이슬네 집도 내 땅에 무허가로 지은 거야, 알기나 해? 진작 밀어내고 싶었지만 노인네 불쌍해서 참고 봐준 거 알기나 하냐고!"

고 회장은 소리치고 나서 덜덜 떨리는 손으로 깨진 감사패를 입체 퍼즐 맞추듯 맞대었다. 붙지도 않을 명패를 이어 붙이려 애썼다. 유리가 박힌 손에서 흐르는 피가 깨진 명패와 감사패를 타고 흘러내렸다. 고 회장 아들이 비웃으며 말했다.

"들었지? 이슬, 우리한테 붙은 거야. 뭐든 할 테니까 자기 고등학교 졸업할 때까지만 이 동네 계속 살게 해달라고 했다고. 공짜로 살면서 가끔 심부름이나 하면 완전 개이득이지!"

머리를 한 대 맞은 듯했다. 이슬은 그래서 참은 거였다. 할머니와 함께 살기 위해 아무 말 하지 않은 거였다. 그동안 이슬이 저지른 일은 그나마 주어진 자신의 영토를 지키려는 저 나름의 몸부림이었던 것이다. 아이도 어른도 아닌 이슬은 하루하루 살아내는 것이 너무나 힘겨운 숙제라 남들이 보암직하게 자랄 여유가 없었다. 내일을 생각할 여력도 없었을 것이다.

"그러니까 이 또라이 선생님아, 외지인이면 외지인답게 그냥 곱게 있다 꺼지세요. 왜 남의 일에 끼어들어, 끼어들기를.

그냥 모른 척하고 꺼지라고!"

그 순간 마침내 며칠 동안 내 속을 울렁이게 한 것이 무엇인지 그 정체를 깨달았다. 나는 그것을 토하듯 내뱉었다.

"내가 봤잖아. 벌써 봤는데 어떡하라는 거야."

고 회장 아들의 말은 일면 일리가 있었다. 부흥면에 오기 전까지 나는 이솔이라는 아이를 몰랐다. 존재하지 않는 아이의 삶까지 관심 가질 까닭이 없었다.

페르미의 역설이라는 것이 있다. 이탈리아의 물리학자 엔리코 페르미는 동료들과 담소 중 우연히 외계 문명에 대한 주제로 이야기를 나누었다. 우주는 너무나도 광대하고 수많은 별과 행성이 존재하기에 생명체가 존재할 가능성 또한 높다. 그러나 아직 외계 문명으로부터 어떠한 증거나 신호도 발견되지 않았다. 그때 페르미가 이런 질문을 던졌다.

"그들은 모두 어디 있는가?"

내가 알지 못하는 곳에 수많은 이솔이 있을지도 모른다. 지구인이 우주인에게 연락할 방법을 알지 못하듯, 저 밖의 이솔들은 우리에게 신호를 보낼 방법을 모르는 걸지도 모른다. 아니면 우리가 신호를 모른 척했거나.

나는 나 자신에게 물었다. 그들은 지금 모두 어디에 있는가.

이솔을 찾아 OK목장 밖으로 걸음을 옮겼다. 유리가 잘게 부서지며 운동화 밑바닥에 박혔다. 밖으로 나가니 식당과 얼마 떨어지지 않은 인도에 이솔이 주저앉아 있었다. 배를 움켜잡은 걸 보니 통증이 심한데도 나를 쫓아온 듯했다. 황급히 이솔에게 달려갔다.

"솔아, 왜 그래? 솔아!"

이솔은 눈을 뜨지 못했다. 서둘러 이솔을 업고 사방을 둘러보았다. 부흥면이 이렇게 넓었나. 병원이 어느 쪽인지조차 헷갈렸다. 머릿속은 하얘지고 단순한 읍내 길은 끝없는 미궁처럼 느껴졌다.

"누구 없어요? 아무도 없어요?"

목이 터지도록 소리쳤다. 그러나 아무도 없었다. 무용한 인간은커녕 개미 한 마리도 보이지 않았다.

나는 끝내 아무도 나타나지 않는 차원의 틈새를 정처 없이 걸었다.

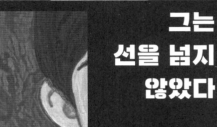

그는
선을 넘지
않았다

윤자영

1

휴대폰 벨소리가 울렸다. 나는 족발을 썰던 칼을 멈췄다. 벽에 걸린 시계를 보니 새벽 한시 이십분. 배달 주문이라면 가게 전화로 왔을 것이다. 온몸의 세포가 찌릿하고 불안한 마음이 피어올랐다. 언젠가 겪었던 경험이 뇌 깊숙한 곳에서 경고를 보냈다.

나는 서둘러 비닐장갑을 벗고 휴대폰을 들었다.

"여보세요?"

"윤민호 씨 아버지 되시나요?"

아들이 배달을 나간 지 삼십 분이 지났다. 이미 돌아왔어야 했다.

"네, 제가 윤민호 아버지 윤종석입니다만……."

"교통사고예요."

심장이 덜컹 내려앉았다.

"거기가 어디죠?"

"○○병원 응급실입니다."

나는 아내와 함께 가게를 뛰쳐나가 곧바로 운전대를 잡고 병원으로 향했다. 아들의 교통사고. 전에도 이런 일이 있었다. 나의 머릿속에는 수많은 데자뷰가 지나갔다. 병원에 도착해 근처에 아무렇게나 주차하고 응급실로 달려갔다.

아들의 부상은 심각했다. 급하게 수술 동의를 하고 응급수술에 들어갔으나 의사는 한 시간 만에 수술실에서 나와 고개를 저었다.

아내는 자리에 주저앉아 울부짖었다. 나도 바닥에 털썩 앉았다. 얼마나 그렇게 있었을까. 내 옆으로 경찰이 다가왔다.

"힘드시겠습니다. 저는 이번 교통사고 담당 경찰입니다."

'교통사고'라고 했다. 생각해보니 제대로 된 사고 이유를 듣지 못했다.

"어떻게 된 겁니까? 사고가 어떻게 난 거예요?"

"음주 운전입니다."

"음주요? 우리 아들이요?"

"아니요, 상대방 차주가요."

정신없는 사건이 연속으로 일어났다. 뭘 어떻게 판단해야 좋을지, 뇌가 제대로 돌아가지 않았다.

"그러니까 상대방 차주가 음주 운전을 해서 사고가 났다는 거죠?"

경찰은 고개를 끄덕였다. 음주 운전은 살인이다. 배달 일 하면서 열심히 살아가던 아들을 음주 운전으로 죽게 하다니 분노가 솟았다.

"그 개새끼 어딨어요?"

"일단 경찰서로 가시죠."

2

고급 외제 차에 타고 있던 가해자의 이름은 31세 민병호, 동승자는 41세 장미리였다. 둘은 연인 관계로, 자동차는 장미리의 소유였다. 경찰서에 들어가 그들을 본 나의 분노는 더 폭발하고 말았다. 민병호는 꾸벅꾸벅 졸고 있었고, 장미리는 고양이를 안고 쓰다듬고 있었다.

"저, 저런 쳐 죽일 연놈들……."

주먹에 힘이 들어갔다. 내 아들은 죽었는데, 너희는 졸고 있어? 분노가 목소리로 터져 나왔다.

"이 살인자!"

민병호에게 달려가려는 나를 경찰이 막았다.

"진정하세요, 경찰서에서 이러시면 곤란해요."

민병호, 장미리가 나를 보았지만 그저 아무 일도 아니라는 듯 눈길을 창밖으로 돌렸다. 장미리 옆에 앉아 있던 양복 입은 남자가 일어나 내게 다가왔다.

"저랑 이야기하시죠."

"당신 누군데?"

남자는 안주머니를 뒤지더니 명함을 하나 내밀었다.

"변호사입니다."

아직 날이 밝지도 않았는데 변호사가 먼저 와 있었다.

"이, 이런…… 내 아들은 죽었다고!"

나는 명함을 든 변호사의 손을 쳤다. 명함이 단풍나무 낙엽처럼 빙글빙글 돌며 바닥으로 떨어졌다.

"윤종석 씨, 진정하세요. 힘드시겠지만 이러시면 안 돼요."

나를 말린 것은 경찰이었다. 이러면 안 된다니 무슨 말인가. 내 아들이 죽었다. 가해자 민병호가 내 쪽을 슬쩍 보더니 다시 다리를 꼬고는 눈길을 창문으로 돌렸다. 미간에 주름이 졌고, 듣기 싫다는 듯 새끼손가락으로 귀를 팠다. 옆자리 장미리와도 눈이 마주쳤다. 하얀 얼굴의 장미리의 입술 끝이 미묘하게 움직이는 것 같았다.

'웃어?'

음주 운전 가해자들의 어처구니없는 행동은 뉴스에서 본 것보다 더 심각했다. 저 악마들이 죗값을 받는 것만이 아들에게 위안을 줄 것이다.

나는 의자에 앉아 침착하자고 마음먹었다. 경찰은 옆의 변호사 얼굴을 보고는 나를 돌아보았다.

"아드님께서 중앙선을 넘어와서 어쩔 수 없이 사고가 일어났다고 합니다."

나는 자리에서 벌떡 일어났다.

"음주 운전이라면서요!"

나는 손가락으로 저편에 있는 두 사람을 가리켰다.

"저 두 사람은 음주 운전을 했어! 음주 운전은 살인이라고!"

다시 가해자에게 뛰쳐가려는 나를 경찰이 다시 말렸다.

"자, 자. 진정하세요. 곧 현장 감식 결과가 나올 겁니다."

"저기, 경찰관님?"

고양이를 안은 장미리가 일어서 다가왔다.

"저도 병원 가봐야겠어요. 교통사고 충격이 있는지 가슴이 아파요."

변호사가 장미리를 보고는 경찰에게 고개를 돌려 말했다.

"제 의뢰인은 동승자입니다. 장미리 씨는 일단 구속 사유는 안 될 것 같은데요."

"사건 조사를 해야 하는데……."

"일단 음주 측정했고, 필요한 조사가 있다면 병원에서 해도 되잖아요."

경찰이 나의 눈치를 보며 말했다.

"그럼 어느 병원으로 가시는지 말씀해주세요."

그때 저편에서 민병호도 일어섰다. 자신도 다리가 아프다며 민병호는 다리를 쩔룩쩔룩 절며 다가왔다. 고작 가슴이 아프고 다리가 아파서 병원 가겠다는 소리나 하니, 분노가 폭발했다.

"개새끼야, 사람이 죽었어."

"아이 씨, 진정 좀 하세요!"

경찰이 소리를 지르자 나는 주먹을 부르르 떨며 의자에 앉았다. 장미리는 나의 눈을 보며 또박또박 말했다.

"네, 그런데 말이에요. 피해자에게도 술 냄새가 난다고 하는 구급 대원의 말을 분명히 들었어요."

"뭐, 뭐라고? 이 미친년이……. 너희가 사람 새끼냐? 내 아들은 모든 장기가 파열됐어!"

장미리는 내 눈빛을 덤덤히 받았다. 변호사의 금테 안경 속 째진 눈이 더욱 가늘어졌다.

"자꾸 모욕적인 말을 하시는데 그만하시죠. 다시 생각해보니 아드님의 음주가 사실이라면 오토바이가 중앙선을 넘었기에 오히려 우리 쪽이 피해자입니다."

그때 장미리가 부른 또 다른 남자가 도착했다. 도로 교통사고 감정사라는 사람이었다.

3

내 아들은 죽었다. 하지만 교통사고 조사 결과가 이상하게 흘러갔다. 장미리가 부른 도로 교통사고 감정사는 교통사고의 과정을 조사해서 감정서를 제시했고, 경찰도 이 상황이 타당하다고 판단했다.

나는 경찰이 제시한 사고 감정서를 들여다보았다. 사고 장면이 그려진 일종의 도면이었다.

"여기 오토바이 제동 흔적이 있어요. 이 제동 흔적을 보면 아드님이 운전하는 오토바이가 명백하게 중앙선을 넘었다고 판단됩니다."

경찰이 손가락으로 가리킨 곳을 보니 한 줄의 스키드마크가 중앙선을 넘어와 있었다.

"블랙박스는요? 그 차에 블랙박스가 있을 것 아닙니까?"

"메모리카드가 없었어요."

"네? 그게 말이 됩니까?"

"자주 있는 일입니다. 블랙박스는 소모품이에요. 작동이 안 되는데도 달고 다니는 사람 많아요."

그게 무슨 말도 안 되는 소리란 말인가.

"그럼 그 사람들은 어떤 처벌을 받습니까? 교통사고 처리 특례법이 있잖아요."

"글쎄요, 그건 저희가 판단할 일이 아니라서요."

경찰은 눈치를 보며 말했다.

"이런 말씀 드리기 죄송하지만, 합의하시라고 말씀드리고 싶네요."

"합의요? 아들이 죽었는데 합의하라고요?"

"아드님의 혈중알코올농도 수치가 0.024가 나왔어요."

아들은 족발 배달 시 맥주 한 캔을 종종 마시고는 했다. 그렇게 배달할 때는 술 마시지 말라고 당부했는데.

"수치상 음주 운전은 아니지만 재판으로 가면 불리하게 작용할 수 있어요. 중앙선을 넘은 것도 아드님이니까요."

그래도 이건 아니다. 나는 감정서를 바닥에 던졌다. 아들은 배달을 다니며 이 도로를 수천 번 오갔다. 절대로 중앙선을 넘을 리 없다.

"이거 제대로 된 감정 맞습니까? 우리 아들이 넘은 것 맞냐고요!"

"감정상 그렇게 판단됩니다."

"절대 그럴 리 없어요. 목격자 없어요?"

"찾고 있지만 여기가 외딴곳이라서요. 목격자라고 해봐야 사고 후에 차를 타고 지나가던 사람들입니다."

"그 사람들 알려주세요. 제가 다시 조사해보겠습니다."

"죄송하지만 알려드릴 수 없습니다. 이제 그만 장례 치르시죠."

내 아들은 목숨을 잃었는데 세상은 모두 가해자 편인 것 같았다. 내가 찾아내야 했다. 직접 증거를 찾아내서 아들의 억울함을 풀어야 했다. 그렇지 못하면 내 스스로라도 판관이 되어야 했다. 나는 상대방이 제출한 감정서를 사진으로 남겨두었다.

*

아들의 장례를 치렀다. 찢겨진 몸을 보기 힘들어 염을 할 때

밖으로 뛰쳐나갈 수밖에 없었다. 일가친척도 적어 장례식을 찾는 사람이 별로 없었다. 그래도 민병호, 장미리는 방문할 줄 알았건만 코빼기도 보이지 않았다. 그들의 변호사만 잠시 들러 합의하자는 말만 남기고 갈 뿐이었다.

"최소한 사람을 죽였으면 직접 찾아와서 사죄부터 해야지, 사람 보내서 합의를 하자고 해?"

"저는 변호사일 뿐입니다. 말을 전달하는 것뿐이에요."

"그럼 어서 사죄부터 하라 전하세요."

변호사는 안경을 벗어 안경닦이로 슥슥 닦으며 말했다.

"솔직히 말하죠. 저도 원활한 합의를 위해서 의뢰인에게 장례식장에 방문하라고 했어요. 하지만 의뢰인이 분명하게 거절 의사를 밝혔습니다."

"뭐, 거절했다고?"

"의뢰인은 자신이 피해자라고 주장합니다."

"피, 피해자?"

"쌍방 음주 운전에 중앙선을 침범한 것은 오토바이입니다. 조수석의 장미리 씨는 늑골 골절 피해를 입었어요."

나는 이성이 끊어져 테이블에 있는 소주병을 들어 내리쳤다. 쨍그랑 소리가 나며 파편이 튀었다. 변호사는 놀라 일어서며 양복에 튄 유리를 털었다.

"에이 씨, 위험하게. 아무튼 재판으로 가면 저들은 포기하지 않을 겁니다. 저는 변호사로서 적극적으로 싸울 수밖에 없고 요."

장례를 마친 나는 교통사고 장소로 나왔다. 뭐라도 찾기 위해서였다.

사고 장소는 이차선도로로 양쪽에 논밭이 있는 외진 곳이었다. 족발집은 동네에 있지만, 외곽에 즐비한 모텔에서 주문이 가장 많았다. 아들이 학생일 때는 내가, 성인이 된 후에는 나를 이어서 아들이 오토바이를 타고 족발을 배달했다. 그러니 이 길은 아들이 눈을 감고도 운전할 수 있을 정도로 익숙한 길이었다. 도무지 아들이 먼저 중앙선을 침범했다는 것을 믿을 수 없었다.

도로에 플라스틱 조각이 떨어져 있었다. 오토바이 흔적이었다. 나는 플라스틱 조각을 들다가 왈칵 눈물이 났다. 오토바이 조각을 들고서 그대로 자리에 주저앉아 설움이 북받쳐 울었다. 아들을 이대로 보내야만 하는 건가.

"저 실례지만…… 사고 관계자이신지요?"

고개를 들어보니 검은색 뿔테 안경을 쓴 곱슬머리의 젊은 남자가 있었다. 나는 눈물을 훔치고 일어났다.

"누구?"

"아, 어떻게 설명해야 할지……. 저는 사건을 쫓는 유튜버입니다."

유튜버라는 소리에 미간에 힘이 들어갔다. 내 표정을 읽었는지 유튜버는 손을 절레절레 흔들었다.

"아, 오해하지 마세요. 저는 가해자들에게 분노하는 마음에 이 사고를 더 이슈화시키려는 것뿐이에요."

유튜버가 가방에서 사진을 하나 꺼내 보여주었다. 교통사고 당시 사진이었다. 가해자 민병호는 전화를 하고 있고, 장미리는 도로 경계에 고양이를 안은 채 앉아 있었다. 사진을 보는 내 내 손이 부들부들 떨렸다.

"사진 보시면 아시겠지만 피해자 구조는 하지 않고 있어요. 사진에서 남자는 사고가 불쾌한지 전화 통화를 하고 있고, 여자는 고양이만 안고 있죠. 무엇보다도 이들은 음주 운전을 했잖아요. 저는 음주 운전은 살인이라고 생각합니다."

그동안 모두가 내 편이 아니었는데 드디어 아군이 등장한 것 같았다.

"그렇죠."

"아버님, 사건에 대해 자세히 알려주세요. 제가 유튜브에 올려서 사람들의 관심을 이끌어낼게요. 저들은 나쁜 놈들이잖아요.”

지푸라기가 나타났다. 사건을 이슈화시켜 억울함을 풀어야
했다.

“제가 당신을 뭐라고 불러야 할까요?”

“말씀 편하게 하세요. 제 이름은 김현재입니다. 그냥 현재 군
이라고 하세요. 그리고 구독자는 많지 않지만 ‘현재사건TV’를
운영하고 있습니다.”

김현재는 앳되 보여 나는 말을 편하게 하기로 했다.

“그래, 현재야. 무엇부터 해야 하지?”

“경찰에서는 뭐라고 하던가요?”

나는 사고 감정서를 찍은 사진을 현재에게 보여주었다. 현
재는 사진과 실제 사고 현장을 번갈아 보았다. 교통사고 처리
진행 상황과 아들의 음주 사실도 말했다.

“수치가 0.024라면서요. 정지 수준을 넘지 않으니 그건 음주
운전이 아니죠.”

현재는 내게 힘이 되는 말을 하고는 차 없는 도로를 건넜다.
중앙선을 넘은 오토바이 제동 흔적이 있는 곳이었다.

“아버님, 이 제동 흔적 뭔가 이상하지 않아요?”

“뭐가?”

“제동 흔적을 보면 곡선으로 되어 있어요.”

감정서에는 이 제동 흔적을 근거로 오토바이가 차선을 넘어와 충돌이 일어난 것 같다고 했다.

"그건 봐서 알고 있어."

현재는 손가락으로 하늘을 콕콕 찌르며 말했다.

"이런 제동 흔적이 남았다는 건 브레이크를 밟으며 급하게 핸들을 꺾었다는 말이에요."

의문이 가득 들어 있는 말투였다.

"무슨 말이 하고 싶은 거야?"

"말이 안 된다는 거예요. 왜 오토바이가 급커브를 틀면서까지 자동차에 와서 부딪치냐는 거죠. 일부러 자동차에 갖다 박았다?"

심장이 쿵쾅거리기 시작했다. 지푸라기가 아니라 희망이다. 이 유튜버는 가십 사건이나 찾는 가짜가 아닌 모양이다.

"너는 왜 그렇다고 생각하는데?"

"피한 게 아닐까요?"

"뭘 피해?"

"사실 자동차가 역주행하고 있었다면요?"

현재의 말이 뇌로 들어와 꽉 하고 박혔다. 아들이 역주행하는 자동차를 피해 급커브로 피하려 했던 거라면?

"그래, 내 아들은 이 도로를 하루에도 수십 번 다녔어. 중앙선을 넘다니 말이 안 돼."

"그리고 이 근처에는 자동차의 제동 흔적이 없어요."

나는 주변을 돌아보았다. 정말 오토바이 제동 흔적 말고는 없었다. 갑자기 머리가 맑아졌다.

"그건 무슨 뜻인가?

현재가 손가락을 튕기고는 전봇대를 가리켰다.

"운전해봐서 아시잖아요. 부딪칠 것 같으면 사람은 본능적으로 브레이크를 밟아야 하는데 술 취한 가해 차량은 멈추지 않고 오토바이와 충돌한 후 저기 전봇대에 부딪친 거예요."

"나쁜 연놈들……."

자동차가 브레이크만 밟아 속도를 줄였다면 아들이 살았을지도 모른다. 하긴 음주 운전을 했으니 자동차를 멈추지 못했겠지. 현재가 나를 돌아보았다.

"어때요, 유튜브에 사고를 올려볼까요?"

이 아이와 함께라면 사고의 진상을 밝힐 수 있을 것 같았다. 나는 고개를 끄덕였다.

"그래주게."

4

현재사건TV에 아들 사건을 조명하는 영상이 올라왔다. 동영상 처음에는 가해자들의 사고 직후 사진이 나오다가 그 후로는 오토바이 제동 흔적을 분석하여 오토바이가 왜 급커브하며 자동차에 부딪쳤는가에 대한 의문을 설명했다. 그리고 운전자의 음주 운전 사실은 사람들을 분노시키기에 충분했다. 그리고 마지막으로 내가 나왔다.

"아들은 우리 부부가 만드는 족발을 배달하고 있었습니다. 성인이 된 지 얼마 안 된 아들은 그저 부모가 힘들게 일하는 걸 알고는 도움을 주려고 했습니다. 하루에도 수십 번 배달하는 도로에서 역주행을 했다니 말도 안 됩니다. 무엇보다 제가 화가 나는 건 음주 운전입니다. 가해 남성은 혈중알코올농도가 면허 취소 수준을 넘었습니다. 브레이크를 밟지 않았는지 자동차의 제동 흔적도 찾아볼 수 없었습니다. 브레이크만 밟았다면 제 아들은…… 살아 있을지도 모르죠. 음주 운전에 대한 법이 강화되었지만 증거가 부족하다는 이유로 처벌은 이루어지지 않고 있습니다. 이는 음주 운전 사망사고가 지속적으로 일어나는 것으로 이어졌죠. 강력한 처벌만이 이와 비슷한 비극을 다시 일어나지 않게 하는 것임을 말씀드립니다."

↳ 음주 운전은 살인이다!

↳ 가해 남성은 사고를 내고 왜 저렇게 자신만만한 자세냐?

　　↳ 술 취했다잖아.

　　↳ 옆에 여자 봐, 고양이 안고 있어. 다 죽여버려야 해.

　　　↳ 고양이가 뭔 죄야. ㅠㅠ

↳ 자동차 EDR 보면 브레이크 밟았는지 아닌지 알 수 있습니다.

구독자는 별로 없었지만 동영상을 본 사람들은 사고 직후 피해자 구조에는 힘쓰지 않은 가해자들에게 분노했다. 구독자들의 거친 말들을 보자 가슴에 얹힌 체증이 내려가는 것 같았다.

"반응이 좀 있네요."

나는 댓글 중 하나를 가리켰다.

"여기 '자동차 EDR을 보면 브레이크를 밟았는지 알 수 있다'는데, 이건 뭘까?"

"알아볼까요?"

현재는 인터넷에 자동차 EDR을 검색했다.

"사고 기록 장치네요. 사고 전후 자동차 속도를 알 수 있고, 브레이크 밟았는지 알 수 있네요."

그렇다면 경찰에 EDR 기록 확인을 요구할 수 있을 것이다. 나는 가방을 들고 당장 일어섰다.

"어디 가세요?"

"경찰서에 가야지."

"왜요?"

"EDR 기록 보여달라고 하게."

현재는 고개를 절레절레 저었다.

"그걸 본다고 뭐 달라지는 게 있나요?"

"브레이크를 밟지 않은 증거라며!"

"그건 자동차 제동 흔적이 도로에 남지 않은 걸로도 충분히 예상할 수 있어요."

"그럼 어떡하자는 거야, 이대로 가만있자는 건가? 아들의 억울한 죽음을 그대로 놔두자는 거야?"

내 목소리가 커지자 현재가 의자에서 일어나며 나를 진정시켰다.

"아, 진정하세요. 그런 뜻 아니에요. 그럼 이렇게 해보면 어떨까요? 가상 상황을 재현해보는 거예요."

"재현?"

"네, 제가 가해자 쪽의 입장에 서서 방어를 해볼게요. 아버님은 저를 그 교통사고 조사관이나 가해자를 만났다고 생각하고 말씀해보세요."

미리 준비해서 나쁠 것 없다는 생각이 들었다. 나는 가방을 두고 다시 자리에 앉았다.

"좋아, 그럼 시작하지. EDR을 보면 자동차의 속도는 변하지 않았어. 브레이크를 밟지 않은 거지. 만약 브레이크를 밟았다면 내 아들은 죽지 않았어."

"하지만 오토바이가 중앙선을 침범하지 않았다면 아무 일도 일어나지 않았겠죠."

현재가 말한 대로 그쪽 입장에서는 이렇게 나오는 것은 충분히 예상 가능했다.

"내 아들이 중앙선을 침범했다는 증거는 없어. 오히려 제동 흔적을 보면 내 아들은 중앙선을 침범한 자동차를 피한 걸로 보인다고."

"자동차가 중앙선을 넘었다는 증거는 있나요?"

현재는 연기하듯 뒷짐을 쥐고 왔다 갔다 하며 자신의 이론을 펼쳤다.

"사고 후 오토바이와 피해자의 위치를 보면 자동차는 차선의 바깥쪽에 있어요. 만약 자동차가 차선을 넘었다면 오토바이와 피해자는 오토바이 차선 바깥쪽에 있어야겠죠."

윽, 가상 상황이지만 화가 치솟았다.

"내 아들이 왜 급커브를 하냐고, 자동차를 피하느라 그런 거지!"

"혹시 알아요? 술에 취해서 그랬을지."

"이런, 썅!"

나는 책상을 주먹으로 내리치며 자리를 박차고 일어섰다.

"워워, 진정하세요."

현재의 말이 틀린 것은 없다. 마음을 가라앉히자 이 유튜버가 구세주라는 게 느껴졌다.

"미안해, 어떻게 하면 좋겠어?"

"유튜브 영상의 댓글을 보면 사람들이 관심은 있어요. 이것을 공략하는 거예요. 재판관들도 여론을 무시하지는 못할 거예요."

"내가 뭘 하면 될까?"

"가해 차량 사진 구할 수 있어요?"

"그건 왜?"

"오토바이가 중앙선을 넘지 않았다는 증거를 찾아야죠."

그래, 그거라면 저들을 법의 심판대에 올릴 수 있을 것이다.

5

나는 사고 자동차 사진을 찾았다. 자동차의 중앙은 움푹 들

188

어가 있었고, 오른쪽 전조등이 깨져 있었다. 현재가 사진을 유심히 살펴보고는 말했다.

"자동차는 전봇대를 박고 멈춰 있었어요. 이 자동차의 가운데 모양과 일치하죠."

"그렇다면 이 자동차의 오른쪽 파손 부분이 오토바이와 충돌한 부분이겠구먼."

"그렇죠, 오토바이는 자동차 오른편에 충돌한 거예요."

현재는 야릇한 미소를 지었다.

"뭔가 알아낸 거야?"

"뭐, 직접적인 증거는 되지 않겠지만요."

"어서 말해봐."

현재는 종이에 사건도를 그렸다.

"자, 첫 번째로 저들이 주장하는 상황이에요. 오토바이가 급커브를 하며 차선을 넘어 들어왔다, 그렇다면 자동차의 어디와 부딪쳐야 할까요?"

왼쪽이다. 하지만 실제 오토바이와 충돌한 부분은 자동차의 오른편이다.

"오른편에 충돌하기는 물리학적으로 불가능하겠지?"

"불가능하다기보다는 합리적이지 않죠."

현재는 사건도 위에 새로운 자동차 모형을 그려 넣었다.

"자동차의 오른편에 손상을 입히려면 자동차가 중앙선을 침범했을 가능성을 예상할 수 있어요. 이게 더 합리적입니다."

"그럼 오토바이와 아들이 자동차 차선 밖에 있었던 것은 어떻게 설명하지?"

"그거야말로 물리학이죠. 관성이에요. 오토바이는 왼쪽으로 급커브했어요. 자동차와 충돌 후 가던 방향으로 날아간 거예요."

나는 이를 꽉 물었다. 이것이 사실이라면 아들은 억울하게 죽고도 가해자로 몰릴 뻔했다. 나의 표정을 읽었는지 현재가 한마디 덧붙였다.

"하지만 이건 우리의 상상일 뿐 증거는 없어요."

현재는 걱정 어린 눈빛으로 말했지만 나는 이것만이 진실로 보였다. 브레이크를 밟았으면 제동 흔적이 생겼을 텐데, EDR 분석 결과 자동차는 속도를 줄이지 않았다. 나는 문득 궁금해졌다.

"왜 저놈은 브레이크를 밟지 않았을까?"

"음주 운전이기 때문이겠죠."

나는 순간 주먹으로 현재의 얼굴을 때리려다 겨우 몇 센티미터 앞에서 멈췄다. 현재는 눈을 감고 손을 올려 막으려 했다.

"왜, 왜 그러세요?"

"인간은 본능이 있어. 지금 너처럼 위험이 닥치면 눈을 감고 손을 들지."

난 두 손을 테이블에 대고 버텼다. 갑자기 든 추악한 생각에 다리가 풀렸기 때문이다.

"왜 그러세요?"

"아, 아니야. 그럴 리 없겠지."

나는 있을 수 없는 상상에 고개를 세차게 흔들었다.

'저들이 우리 아들을 알고 있었나?'

6

현재가 자동차의 손상 상태를 통한 사고의 예측을 유튜브 영상으로 만들어 올리자 많은 구독자가 공감했다. 구독자들은 이런저런 조언을 해주었다. 그리고 사건 당시 그 도로를 지나간 구독자가 제보 영상을 보내기도 했다.

사건이 일어나기 전 제보자는 모텔촌 쪽으로 가고 있었는데 사건 현장에서 얼마 떨어지지 않은 곳에 사고를 낸 가해 차량이 갓길에 서 있었다. 주행 차로가 아닌 중앙선을 넘어와 정차하고 있었기에 놀랐다고 했다. 시간상 사고가 나기 삼십 분쯤

전이었다. 동영상에서도 스치듯 그들의 외제 차가 정차되어 있는 것이 보였다. 상향등 빛에 민병호, 장미리의 얼굴이 귀신처럼 스쳐 지나갔다.

"뭐지?"

"그러게요. 왜 여기 서 있었을까요?"

"무슨 이유가 있었을까?"

"뭐, 카섹스라도 즐겼나 보죠."

이들은 모텔촌에서 나오고 있었다. 실컷 즐겼을 텐데 차에서 또 그 짓을 한다고? 나는 제보 영상을 몇 번이고 돌려봤다. 영상에서 뭔지 모를 위화감이 느껴졌다.

"뭔가 이상한데……."

"뭐가요?"

뭔가 가슴이 꽉 막힌 느낌이다. 답답했다.

"지금은 잘 모르겠어."

현재가 컴퓨터를 정리하며 말했다.

"아버님, 제가 한 이틀 정도 일이 있어요."

"걱정 마, 나 혼자서 차가 왜 서 있었는지 알아볼게."

아무리 생각해도 가해 차량이 사고 전에 왜 멈춰 있었는지 알 수 없었다. 답답한 마음에 정처 없이 걷다 보니 ○○병원에 도착했다. 장미리가 입원해 있다는 병원이었다. 이것도 구독자

제보로 알 수 있었다.

"현재가 절대 가해자들과 접촉하지 말라고 했는데……."

나는 병원으로 올라갔다. 간호사들의 눈을 피해 병실을 찾아가 들어갔다. 고양이와 함께 침대 위에 있던 장미리가 나를 발견하고는 눈이 왕방울만 하게 커졌다.

"뭐, 뭐예요?"

"고양이를 끔찍이 아끼나 보네. 내 아들은 죽었는데 말이야."

장미리는 고양이를 끌어안았다.

"하긴 고양이가 뭔 죄냐."

장미리는 정신을 차린 듯 침대에 기대앉았다. 놀란 표정이 빠르게 차분해졌다.

"경찰을 부르겠어요."

"궁금한 게 있어서 말이야. 사실을 물으러 왔어."

"무슨 사실이요? 경찰에서도 이미 결론을 내렸잖아요."

나는 고개를 좌우로 흔들었다.

"아니, 그건 거짓말이야. 자동차의 충돌흔을 보면 당신들이 중앙선을 침범했다는 것을 알 수 있어. 그리고 무슨 이유에서인지 당신들은 사고 현장 얼마 전에 이미 중앙선을 넘어와 갓길에 정차하고 있었지."

내 말에 장미리가 놀란 듯 눈썹이 위로 올라갔다.

"왜 서 있었던 거야? 카섹스라도 즐겼나?"

"모욕적인 말을 하시네요. 그런 건 어떻게 안 거예요?"

"너희가 자동차에 안에 있는 모습이 그대로 찍혔다고. 영상 속 당신도 지금처럼 이렇게 놀라고 있었……."

이런, 영상을 볼 때 들었던 위화감의 이유를 알았다. 놀라는 장미리의 얼굴을 보고 진실을 알게 된 것이다.

"설마…… 장미리 당신이 운전한 거야?"

제보 영상의 운전석에는 분명 장미리가 앉아 있었다. 맞은 편에서 오는 전조등 빛에 놀라는 장미리는 분명히 운전석에 앉아 있었다.

"무슨 소리예요?"

"제보 영상에서 봤어. 당신이 운전석에 앉아 있었어. 사고를 내고 운전자를 바꾼 거지. 그래서 블랙박스도 고장 낸 건가?"

"시나리오 쓰지 마세요. 다시 출발할 때 자리를 바꿨어요. 그리고 운전자를 바꿔치기했다면 블랙박스가 고장 난 게 아니라 메모리카드를 숨겼겠죠."

말은 잘한다. 하지만 이건 억울해서 자신을 변호하는 눈빛이 절대 아니었다.

"어서 사실을 말해. 그날 있었던 진실을 말하라고!"

몰아붙였는데도 왜인지 장미리의 입꼬리가 올라갔다. 처음 만났을 때 지었던 야릇한 미소였다.

"사실을 말하고 죗값을 치르라는 말인가요?"

당당한 장미리의 말에 가슴이 덜컹 내려앉았다.

"뭐?"

"말 그대로예요. 죄를 지었으니 죗값을 치르라는 거냐고요?"

뭔가 있다. 이 여자는 뭔가 거대한 것을 숨기고 있었다. 장미리는 자신의 휴대폰을 들어 흔들었다.

"현재사건TV요? 그거 저도 보고 있어요. 지금 그 채널에 새로운 영상 올라와서 엄청 핫하던데 아직 못 봤나 봐요?"

그때 휴대폰 벨소리가 울렸다. 현재였다.

"여보세요."

수화기 저편에서는 긴급한 현재의 목소리가 울려 퍼졌다.

"어디 계세요? 지금 난리 났어요."

장미리가 나를 쏘아보았다. 그 눈빛에는 분노가 가득 들어 있었다.

"이러면 인과응보가 되나요?"

유튜브에 숨겨왔던 아들의 과거가 드러났다. 현재사건TV 댓글에 아들이 과거에 교통사고를 일으켜 사망사고를 낸 사실이 밝혀져 있었고, 구독자들은 관련 사건을 다뤘던 영상의 링크를 달았다. 링크를 따라가보니 '촉법악법'이란 채널이 나왔다. 아들이 오 년 전 내 자동차를 훔쳐 친구랑 타고 나갔다가 대형 교통사고를 일으킨 사건이 버젓이 영상으로 올라와 있었다.

아들과 친구는 안전벨트를 매지 않아 모두 자동차 밖으로 튕겨 나와 있었다. 친구는 죽고 아들은 중상을 입었다. 상대 차량에서는 다섯 살 어린아이가 사망한 충격적인 사건이었다.

장미리는 내게 경멸의 눈빛으로 네 아들도 사람을 죽이지 않았냐고 묻고 있었다.

"내, 내 아들이 운전하지 않았어. 치, 친구가 운전했다고."

"거기, 촉법악법에서는 당신 아들이 운전했다고 그러던데요?"

"말 만들어내기 좋아하는 사람들이 지어낸 이야기야."

"당신 아들이 직접 운전했다고 말했다잖아요."

"내 아들은 중상해를 입었어. 사고 때문에 정신이 오락가락하는 상태였다고."

"그 사고 전 당신 아들은 몇 번이나 자동차를 훔쳐 타고 나가서 교통사고를 일으켰어요. 하지만 촉법소년이라는 이유로 처벌받지 않았죠. 그때 당신이 아들의 다리를 부러뜨려서라도 혼냈다면 대형 사고는 일어나지 않았고 다섯 살 어린 생명이 죽지 않았겠죠."

"내, 내 아들은 운전하지 않았어."

"그렇게 믿고 싶은 거겠죠."

내가 왜 과거의 사건을 변명하고 있는지 모르겠다. 지금 가해자는 장미리다.

"아니, 증거가 없어. 아들이 운전한 증거가 없다고! 법이 그런 걸 어떡해? 내 아들은 촉법소년이었고, 촉법소년에게는 죄를 묻지 않는다고!"

장미리는 고개를 절레절레 흔들었다.

"당신은 정말 구제불능이군요. 조금 전까지 사실을 말하고 죗값을 치르라고 말한 것 기억 안 나요?"

"닥쳐, 지금 과거 얘기가 왜 나와? 이번 사고에서 당신이 운전했지? 갓길에 세웠을 때 당신이 운전석에 있었잖아. 귀찮게 다시 운전자를 바꿨을 리 없어."

"아니요, 분명히 자리를 바꿨어요. 당신 아들은 어땠나요? 진짜 아들이 운전하지 않았나요?"

"왜 자꾸 과거 이야기를 하는 거야? 아들이 운전하지 않았다고!"

"그렇다면 저도 마찬가지예요. 저도 운전하지 않았어요."

나는 테이블을 주먹으로 내리쳤다. 장미리는 놀라 소리를 질렀다.

"내가 이성적으로 나올 때 어서 사실을 말해. 그리고 사과하라고."

병실 문을 열고 간호사가 들어왔다.

"뭐예요? 당신 누구세요?"

장미리는 간호사를 보더니 다시 도도한 표정으로 바뀌었다.

"사과는 무슨, 우리가 피해자라고요. 당신 아들이 음주 운전으로 중앙선을 넘지 않았으면 내가 다칠 일도 없었다고요."

간호사가 병실 밖을 보고 소리쳤다.

"여기 경찰에 신고해주세요!"

"가, 간다고!"

나는 간호사에게 소리치고는 장미리를 돌아보았다. 그리고 분노의 마음을 담아 조용히 말했다.

"다음에 나를 다시 만난다면 용서를 빌어도 소용없어. 부모의 복수는 멈추지 않아."

나는 병실을 나오면서 계속 저런 식으로 나오면 정말 죽여버릴지도 모르겠다고 마음먹었다.

7

나는 술을 마시며 촉법악법 유튜브 영상을 찾아봤다. 오 년 전 아들의 교통사고 영상이었다. 영상을 보다 보니 기억 저편에 숨겨놨던 과거가 떠올랐다. 나는 독한 양주를 컵에 따라서 벌컥벌컥 마셨다.

촉법악법 유튜버는 가면을 쓰고 나와 말했다.

"이건 살인입니다. 가해자 윤민호는 만 14세가 되기까지 한 달이 남은 촉법소년입니다. 도대체 이런 법은 왜 있는 겁니까? 아직 미성숙하여 정상적 판단을 못 하니 기회를 줘야 한다? 아예 조선시대처럼 목을 베시죠. 세상은 변하고 있습니다. 변화하는 세상에서 법은 바뀌기 마련입니다. 지금 아이들은 예전처럼 순수하지 않습니다. 인터넷 매체로 많은 범죄를 접하고 이를 모방하거나 실제로 저지릅니다. 백번 양보해서 윤민호가 이번 교통사고를 처음 저질렀다면 실수라고 이해합니다. 하지만 윤민호는 아니에요. 제가 조사한 윤민호의 교통사고만 네 건입니다. 다른 범죄 말고 교통사고만요. 윤민호는 아버지 차를 훔쳐 타고 나와서 네 건의 접촉 사고를 일으켰어요. 그때마다 촉법소년임을 주장하면서 처벌을 피했고요. 아버지는 더 가관입니다. 피해 차량 수리를 해주지 않겠다는 겁니다. 피해자들은 촉법소년이라는 이유로 연락도 못 하고 울며 겨자 먹기로 스스로 차를 수리하고 있죠. 그래요, 범죄자는 윤민호가 아닙니다. 윤민호의 부모입니다. 부모가 이를…….”

나는 키보드를 주먹으로 내리치고는 양주를 병째 들고 마셔 버렸다. 소파에 몸을 파묻으니 기억이 생생히 떠올랐다. 그날 밤에도 전화를 받았다.

“교통사고입니다.”

수화기 건너편에서 말이 들렸을 때, 나는 ‘또’라는 생각이 들었다. 망나니 아들놈은 내 차를 운전하여 접촉 사고를 벌써 몇 번을 냈다. 처음에는 수리비를 물어주고 아들의 용서를 대신 빌었지만 이제 점차 지쳐갔다.

아들의 범죄로 학교에 수차례 불려 가 사죄하고 강제 전학을 가야 했다. 내 머리도 점차 내성이 생기는 건지 나는 뻔뻔해졌다. 생활은 어려웠다. 사람이 많지 않은 동네 족발 장사는 신통치 못했다.

외제 차의 수리비는 천만 원이 넘었다. 그런 큰 돈도 없고 마련할 길도 없었다. 합의를 못 한다고 통보했다. 하지만 촉법소년이라는 법이 우리를 구해주었다. 아들은 별다른 제제를 받지 않았다.

하지만 이번에는 달랐다. 사람이 죽었다. 아들과 같이 다니는 친구는 사망하고 아들은 중상을 입었다. 상대방 차량은 가족이었다. 안전벨트를 매지 않은 다섯 살 아이가 사망했다. 신호를 무시하고 달린 아들의 잘못이었다. 아들과 친구도 안전벨트를 매지 않았고, 충돌할 때 차가 회전하여 둘 다 차 밖으로 튕겨 나온 상태로 발견되었다.

나는 해서는 안 될 일을 저질렀다. 그때 내가 무슨 마음이었는지 모르겠다. 사망사고를 책임지기도 무서웠지만, 아들도 구해야 했다.

"운전자는 아들의 친구입니다. 제 아들은 운전하지 않았습니다."

운전을 처음 배운 것도 아들의 친구 때문이었다. 며칠 후 깨어난 아들은 자신이 운전했다고 말했다. 나는 아들의 입을 막으며 말했다.

"민호야, 너 운전 안 했어. 너 머리 다쳐서 기억이 혼란스러운 거야. 아빠가 너 차 훔쳐 타고 나가는 거 봤어. 친구가 분명히 운전석에 있었다고."

"그런가……."

둘이 번갈아 운전하여 헷갈렸을 것이다. 피해자 쪽에서 아들의 처벌을 호소했다. 나는 철저하게 아들이 운전하지 않았음을 주장했다. 아들이 운전했다는 증거가 없었다. 그렇게 주장하다 보니 진짜 아들이 운전하지 않은 것 같았다. 그리고 나에게는 촉법소년이라는 최후의 보루가 있었다.

사망자는 말이 없었다. 그렇게 아들의 친구에게 누명을 씌우고 피해자 구제에서도 도망쳤다. 아들은 장기 보호관찰을 받고 조금씩 변해갔다. 학교도 정상적으로 다녔다. 더불어 집안 분위기도 정상적으로 변했다. 아들은 졸업하고 가게를 도와 족발 배달을 했다. 모텔촌이 생겨 배달도 늘었다. 그렇게 빚도 다 갚고 행복한 생활을 시작하려던 중에 아들이 사고를 당한 것이다.

기억에서 빠져나와 독한 양주를 마셨다.

"우리 가족은 이제 행복해지고 있었다고……. 장미리, 넌 우리 가족의 행복을 망쳤어."

촉법악법의 영상 제목이 눈에 들어왔다.

'윤민호가 운전한 과학적 증거.'

나는 해당 동영상을 클릭했다. 영상은 당시 차량의 손상 상태를 보여주었다. 자동차의 손상 형태를 두고 차량이 충돌한 형태를 설명했다. 가해 차량의 조수석 쪽으로 받혔고, 차량이 회전하여 아들과 친구가 튕겨 나간 것이었다.

유튜버는 사진을 보면서 설명했다.

'이 세상에 산타가 왜 없냐고요? 물리학 때문입니다. 물리학은 천 년 후 달의 위치도 예측합니다. 한 치의 오차도 없이 말이죠. 산타가 선물을 돌리려면 음속 이상의 속도로 달려야 합니다. 그럼 소닉붐이 발생하죠. 하지만 크리스마스 밤은 조용하니 산타가 없는 겁니다. 왜 이런 쓸데없는 이야기를 하냐고요? 물리학이 그만큼 정확하다는 것을 말하고 싶기 때문입니다. 관성이란 운동하려는 물체는 계속 운동하려는 성질입니다. 산타든 외계인이든 우리 우주에 산다면 관성의 법칙에 따라야 합니다. 가해 차량은 조수석 쪽이 받혔습니다. 관성의 법칙에 따라 차량에 탄 사람들의 몸은 충돌 방향으로 쏠리게 됩니다. 그랬다면 조수석에 탄 동승자는 차량 우측 벽에 머리를 부딪치게 됩니다. 사망한 윤민호의 친구는 머리의 오른쪽이 깨졌어요. 심지어 오른쪽 안구까지 튀어나왔죠. 이 정도의 충격은 1차 충돌했을 때 발생한 겁니다. 자연스럽게 친구가 조수석에 탄 것을 알 수 있죠. 반면 윤민호는 가슴 부분의 손상이 심했죠. 핸들에 걸렸기 때문입니다. 이는 윤민호가 운전했다는 강력한 증거가 됩니다.'

머리가 차갑게 식어갔다. 나도 알고 있었다. 차량은 아들이 운전했다. 그에 따라 또 다른 생각이 하나 따라왔다. 장미리는 가슴을 다쳤고, 민병호는 다리를 다쳤다.

민병호가 아닌 장미리가 운전한 것이다.

8

나는 민병호와 장미리가 사고 전에 머무른 모텔을 찾아가 청소하는 할머니의 증언을 확보했다.

"여자가 운전했어요. 심하게 취한 남자를 여자가 조수석으로 밀어 넣었거든요. 확실히 기억나요."

이미 예상한 결론이었다. 경찰에 이 사실을 말하면 어떻게 될까. 장미리의 차는 중간에 서 있었다. 그때 바꿔 운전했다고 주장하면 아무 소용 없었다. 오히려 차량이 서 있던 제보 영상이 장미리를 보호하고 말았다.

그렇다면 방법은 단 하나였다. 내가 판관이 되어 아들의 복수를 직접 하는 것뿐이다. 장미리를 죽여 아들의 원한을 푸는 것이다. 나는 살인자가 되어 감옥에서 살겠지만 괜찮다. 더 살아갈 의욕도 없었다.

병원이 보이는 곳에서 장미리를 기다렸다. 퇴원하는 장미리를 미행해서 집을 알아두었다. 며칠 후 사시미용 칼 하나를 마련하고 아파트 층계참에서 기다렸다. 오늘 아들의 복수를 마무리하기로 했다. 장미리가 집으로 들어가는 순간 뛰쳐나와 안으로 밀치며 집으로 들어갔다.

"뭐, 뭐예요?"

나는 준비한 사시미용 칼을 꺼내 들었다. 장미리는 칼을 보고 놀랐는지 동공이 확장됐다.

"마지막으로 묻지. 당신이 운전한 거 맞지?"

놀란 장미리의 눈이 냉정하게 식으며 움직였다. 장미리는 냉장고를 열고 캔맥주를 꺼냈다.

"드실래요?"

"뭐야, 가만히 안 있어?"

어이없는 장미리의 행동에 나는 어떻게 대응할지 몰라 칼을 장미리의 얼굴 앞으로 가져갔다.

"안 마실 거면 말아요."

장미리는 캔맥주를 따고는 식탁에 앉았다.

"힘 빼지 말고 앉아요."

장미리는 맥주를 벌컥벌컥 마시고는 식탁에 내려놨다.

"그 댓글은 제가 올린 거예요."

"뭔 소리야?"

"촉법악법이요."

아들의 과거를 현재사건TV 알린 게 장미리였다. 장미리는 아들의 과거를 어떻게 알았을까. 뭔가 위화감이 드는 이유는 무엇일까. 그때 벽에 걸려 있는 어린아이의 사진이 보였다. 다리에 힘이 빠져나갔다. 나는 의자를 빼고 앉을 수밖에 없었다.

"당신이었군."

"이제 기억나나요?"

사진 속 어린아이는 아들이 일으킨 교통사고로 사망한 아이였다.

내 머리가 빠르게 돌아갔다. 그러다 추악한 결론에 도달했다. 그렇다면 자신의 다섯 살 아들의 복수로 이번 사고를 일으켰다는 말이다.

"내 상상이 맞는 건가?"

"그래요. 당신이 말했죠, 부모의 복수는 멈추지 않는다고요."

장미리는 자식을 잃은 고통에 똑같은 방법으로 복수하려고 했던 것이다. 나는 이빨을 뿌드득 갈았다.

"어때요, 사고 일으킨 게 뻔한데 아니라고 우기니까?"

나는 아들을 구하기 위하여 운전하지 않았다고 우기고, 법대로 하라고 소리쳤던 과거의 내 모습이 떠올랐다. 칼을 든 손이 떨렸다.

"그렇다고 어찌 이런 일을 저질러……."

"아들을 잃은 느낌이 어떤지 이제 아시겠어요? 저도 그랬어요. 하지만 당신은 사죄는커녕 촉법소년을 무기로 빠져나갔죠."

장미리는 맥주를 한 모금 마셨다.

"촉법악법 유튜버는 당신 아들이 운전했다고 증명했어요. 다친 모양을 보면 당신 아들이 운전한 것이 확실해요. 안타깝게도 법원에서는 받아들이지 않았지만요."

가면을 쓰고 말하던 촉법악법의 유튜버가 떠올랐다. 얼굴에 가면을 쓰고 있었지만 목소리가 선명하게 떠올랐다.

"촉법악법 유튜버가 현재였군. 당신이 그 애를 내게 보낸 거야."

"당신도 나와 똑같은 심정을 느끼게 해주고 싶었어요. 가해자가 사실과 다르게 빠져나간다면 어떤 느낌이 드는지 말이에요."

이렇게 치밀하게 복수의 시나리오를 짜다니 분노가 솟았다. 내 행복을 빼앗은 년, 나는 칼을 들고 찬찬히 일어섰다.

"나도 아들의 복수로 당신을 죽이겠어."

"내 아들이 죽었을 때 이미 나도 죽었어요. 마음대로 하세요."

장미리는 가슴을 내밀며 미소 지었다. 나는 칼을 든 손에 힘을 주었다. 심장을 노리고 찔러 넣으면 끝이다. 그러나 칼로 가슴을 찌르려는 순간 손이 멈췄다. 죽음 앞에서 미소를 짓다니, 어떻게 사람이 죽음을 쉽게 받아들일 수 있을까.

"어서 죽여, 당신 아들은 내가 죽였다니까? 내가 브레이크를 밟지 않고 그대로 치어 죽였다고."

내가 멈추자 장미리는 도발했다. 여기서 장미리를 죽이면 모두 장미리의 시나리오대로 흘러가는 것이다.

"장미리 당신은 촉법소년이라고 우기고 빠져나간 나도 밉겠지."

장미리는 매서운 눈으로 나를 째려봤다. 원망이 가득한 눈빛이었다. 촉법악법에서는 부모인 나를 더 원망했었다.

"어서 나를 죽여, 당신의 복수를 완성하라고!"

나는 칼을 내렸다. 장미리가 원하는 것이 훤히 보였다.

"아니야, 당신은 내게도 복수하려는 거야. 나를 살인자로 만드는 것까지 당신의 시나리오에 있는 거야."

칼을 멀리 던졌다. 그러자 장미리가 목소리를 높였다.

"난 이제 살아갈 희망이 없으니 어서 죽여!"

"그럴 수 없지, 부모의 복수는 멈추지 않는 거니까."

나는 장미리의 집을 빠져나왔다. 사건은 장미리의 살인으로 종결되었다.

촉법소년

© 김선미 소향 윤자영 정해연 홍성호, 2024

초판 1쇄 인쇄일 2024년 8월 13일
초판 1쇄 발행일 2024년 8월 27일

지은이   김선미 소향 윤자영 정해연 홍성호
펴낸이   정은영
편집   최웅기 박진혜 정사라
디자인   박정은
마케팅   최금순 이언영 연병선 윤선애 송의정
제작   홍동근

펴낸곳   네오북스
출판등록   2013년 4월 19일 제2013-000123호
주소   04047 서울시 마포구 양화로6길 49
전화   편집부 (02)324-2347, 경영지원부 (02)325-6047
팩스   편집부 (02)324-2348, 경영지원부 (02)2648-1311
이메일   neofiction@jamobook.com

ISBN 979-11-5740-443-8 (03810)